Adrien GROSSRIEDER

L'Homme qui ne voulait plus écrire

© 2018, Adrien Grossrieder

Edition : Books on Demand,
12/14 rond-Point des Champs-Elysées, 75008 Paris
Impression : BoD - Books on Demand, Norderstedt, Allemagne
ISBN : 9782322104789
Dépôt légal : Mars 2018

« – Eh bien, comme cela… En disant comme ça, ceci et cela, je suis venu m'expliquer, Votre Excellence... » (*Le Double*, Dostoïevski)

Clic-clic

Ce matin-là, J. se leva de bien mauvaise humeur. On était seulement mardi. Il avait eu droit la veille à une insomnie terrible, chose qui ne lui arrivait jamais. Il n'avait dormi à peine que deux ou trois heures grand maximum. Il avait seulement envie de se recoucher, mais au travail on ne l'entendrait pas de cette oreille. Longuement, il avait réfléchi durant cette insomnie, et au réveil il avait cette impression inconfortable qui était restée fixée dans son esprit. Quelque chose clochait, mais quoi ?

Voilà un peu plus de deux ans qu'il travaillait dans une usine nucléaire du nord-est de la France, pour être à peine plus précis : dans le bâtiment B, aile gauche, secteur 12. Il appréciait ses collègues et c'était sans doute réciproque, il y avait même une très bonne ambiance, mais ce n'était pas là le problème. Non, depuis quelques temps il sentait qu'un truc avait changé, un truc par rapport au boulot, quelque chose qu'il avait du mal à définir. C'était un peu comme si les tâches qu'il effectuait chaque jour avaient peu à peu perdu de leur sens. Il n'avait pas vraiment évolué depuis son arrivée dans l'entreprise, il rangeait des cartons selon un ordre pré-établi, déplaçait parfois des containers avec un chariot élévateur, les amenant d'un point A à un point B.

De temps en temps, il imbriquait des choses dans d'autres avec application, c'était répétitif et s'il se mettait à y réfléchir, tout cela finissait par le rendre dingue. Pourquoi est-ce qu'il y avait tant de cartons et de pièces ? Il n'y avait pratiquement jamais de période creuse. Lorsqu'il posait des questions à son supérieur, il lui répondait : « ne te pose pas tant de questions » , sans que cela soit dit toutefois avec agressivité ou malice, mais plutôt l'air de dire « tout va bien comme ça vieux, ne t'en fais pas ».
Lui, il s'en faisait justement et il avait décidé sur le trajet qui le séparait de son lieu de travail qu'il en aurait le cœur net aujourd'hui.

A sa prise de poste, il ramassa le premier carton qui lui vint sous la main. C'était un carton ordinaire comme il en transportait tous les jours, lourd d'une dizaine de kilos peut-être, et portant la même inscription que tous les autres : « FRAGILE – NE PAS OUVRIR »
A l'aide de son cutter, il éventra le carton et ce qu'il vit ne fit que confirmer son intuition. Il n'y avait strictement rien d'intéressant là dedans, juste des morceaux cylindriques en métal censés faire croire à des pièces destinées à on ne sait quel assemblage plus complexe ; ils faisaient bien du bruit si on secouait le contenant mais ce n'était pas du tout quelque chose d'utile à l'entreprise, du moins ça n'en avait pas l'air, ça ne ressemblait à rien qui puisse servir, à aucune pièce qu'il avait pu voir jusqu'alors. Ce n'était peut-être qu'une erreur, pensa-t-il, pourtant

d'un côté il était presque certain que tous les autres cartons devaient sûrement contenir ces mêmes trucs à la noix.

Il en ouvrit une bonne dizaine. Dans certains il y avait des rondins de bois, dans d'autres, plus légers, seulement du polystyrène et du papier. Il se dit qu'il avait mal interprété les choses, mais n'importe qui aurait pu en convenir : c'était quand même très bizarre cette situation. Il remit tout en place avec du scotch, du mieux qu'il le put. On ne s'apercevrait même pas qu'ils avaient été ouverts, ou alors il pourrait dire qu'ils avaient été endommagés avant qu'ils n'arrivent jusqu'à lui. Il ne savait vraiment pas quoi penser, c'était peut-être un test, quelqu'un de la sécurité l'avait même peut-être repéré sur les moniteurs. Il devenait presque parano. Le fait d'enfreindre les règles certainement.

Il passa le reste de la journée à travailler normalement, quoiqu'un peu amorphe, puis il rentra chez lui et alla se coucher pratiquement dans la foulée, sans avoir rien mangé. Il dormit très mal en faisant des cauchemars peuplés d'immenses cartons vides qui s'ouvraient tout seuls.

Il réitéra l'opération le lendemain... Il s'en était douté, c'était la même chose que la veille : les mêmes pièces inutiles. Pourtant, lors de sa formation, on lui avait bien montré quels éléments il manipulait et à quoi ils servaient, et ça n'avait rien à voir avec ces objets-là ! De vieux journaux chiffonnés, du polystyrène… C'était n'importe quoi ! Il se sentit bête, il comprit qu'on avait dû le mener en bateau depuis le début. Son travail n'avait-il finalement pas de sens ? Il ne parvint pas à esquisser le moindre mouvement pendant plusieurs minutes, comme si tous ses muscles étaient tétanisés. Toute cette mascarade était sûrement un coup monté, mais par qui, et puis, qui était au courant au juste ? Ses collègues étaient sans doute tous dans le coup, ça devait être une caméra cachée. Sauf que non, les caméras étaient bien visibles ici, tous les employés étaient filmés. Une mauvaise blague de plus grande ampleur alors ? A quoi est-ce que tout ça rimait ? Ses pensées virevoltaient dans sa tête comme des bestioles sous la lumière des réverbères ; elles allaient plus vite qu'il ne le voulait, il ne pouvait plus les suivre et bientôt il eut la migraine. Comme la veille, il recasa les choses à leur place.

Puis, cinq minutes s'écoulèrent avant qu'il ne se décide à faire quelque chose. Il alla trouver son responsable de secteur. Christian Mainoird. Ce dernier avait dans la cinquantaine bien entamée et ses traits étaient plutôt bourrus. Une allure virile, costaud, des cheveux tondus que l'on devinait grisonnants, un étrange tatouage sur l'avant bras qu'il avait fait quand il était entré à l'armée. Tout était fait pour impressionner ceux qui l'approchaient, pourtant malgré les apparences, c'était un homme assez calme et doux. Il savait diriger son équipe, hausser le ton lorsqu'il le fallait. Cela dit il était aussi toujours disponible pour discuter et n'était pas le dernier pour faire des blagues, un bon chef estimé par tous, en somme.

J. entra dans le bureau et s'assit après y avoir été invité. Il eut quelques difficultés à débuter :
« Je, euh, je viens vous voir, hum, parce que, je », il bégayait plutôt qu'autre chose, il cherchait tous ses mots.
– Allez-y, exprimez-vous J. , fit le chef, impatient.
– En fait, voilà, je crois que j'ai mis le doigt sur quelque chose, quelque chose que je n'aurais peut-être pas du savoir, peut-être aussi que je me trompe, que j'ai mal compris. C'est à dire, j'ai ouvert, je sais que je n'ai pas respecté la règle, mais j'ai ouvert, malencontreusement je dirais, plusieurs cartons. J'en ai ouvert hier, et de nouveau aujourd'hui. Et dedans, il n'y avait rien, enfin ce n'était pas des pièces comme on avait l'habitude d'en voir lors de la formation. Là c'était des rondins de bois, des bouts de métaux mal coupés, du papier, et même du polystyrène ! Et je crois que ça fait plusieurs mois que ça dure et j'ai la quasi-certitude que…
– Hmmm, le coupa Mainoird qui avait relevé ses sourcils, vous avez bien fait de venir m'en parler. Je vois de quoi il retourne. Vous n'en avez parlé à personne d'autre ?
– Non, vous êtes le premier.

Le chef paraissait plutôt embêté, il avait pris une mine très sérieuse, sévère, et passait sans cesse les doigts de sa main gauche sur son menton bien rasé. Il semblait chercher lui aussi ce qu'il pouvait dire.

J. se remémora soudain ce qu'il lui était arrivé il y a un an. Il avait mal lacé ses chaussures et enlevé les scratchs ; le chef s'en était aperçu et lui avait fait une bonne leçon de morale durant pratiquement trente bonnes minutes. La sécurité, ce n'était pas une mince affaire ici, il aurait pu avoir un accident aux conséquences dramatiques, et qui en aurait été tenu pour responsable ? Ça aurait été lui, Mainoird. Il avait menacé d'en référer en plus haut lieu, puis s'était mis à rigoler en lui déclarant, hilare : « Je vais quand même pas vous coller une mise à pied pour une histoire de chaussures ».

J. ne savait tout simplement pas comment allait réagir son responsable. Il s'était vaguement attendu à ce qu'il lui souffle un truc comme : vous êtes complètement cinglé mon pauvre gars, puis il irait ensuite avertir des professionnels de la santé ; ou alors que l'autre éclate de rire et lui dise : ahaha oui c'était une bonne blague, excellente non, J. ?
Mais il n'en avait rien été.

« Très bien n'en parlez à personne, reprit Mainord. Écoutez J., honnêtement, oui, tous ces cartons sont réellement dénués d'intérêt, enfin... Vous semblez être quelqu'un d'intelligent, un peu taciturne, non ? Mais vous avez presque compris et je me dois de vous fournir quelques explications. Moi, j'ai mis plus de sept ans à me rendre compte de la duperie, seulement à mon époque c'était encore différent, il y avait beaucoup plus de *vrai* travail. Et vous, vous avez pris seulement à peine plus de deux années, c'est assez impressionnant.

– Donc, vous étiez bien au courant ? Mais quel est le sens de tout ça ? Les autres, ils le savent ? »
J. avait posé ces questions avec énergie. Son corps tout entier transpirait l'angoisse.
« Calmez-vous ! l'exhorta Christian Mainoird. Vous allez tout comprendre, ce n'est pas bien compliqué. Je vais essayer de répondre à vos questions. Non, la plupart de vos collègues ne sont pas au courant. Encore heureux... »

Le responsable semblait quelque peu nerveux également, assis sur son fauteuil en cuir, ses doigts tremblaient comme s'il était un cow-boy prêt à dégainer son pistolet. Il se leva pour s'assurer que la porte du bureau était bien fermée avant de poursuivre.

« En fait, certains jours, je dirais en moyenne deux fois dans le mois, ça dépend des périodes, il y a des cartons qui contiennent vraiment des éléments utiles à différents réacteurs ou des composants essentiels pour les moteurs, ou autre. Ça nous est même arrivé plusieurs fois d'entreposer des pièces auto ou moto, pour dépanner des garages et des concessions du coin. Enfin, bref. C'est vrai que c'est assez difficile à concevoir mais oui, la majorité des cartons que vous portez, des palettes que vous déplacez, ce n'est pas utile à l'usine. Mais, il y a toujours un mais, vous

vous en doutez. C'est en quelque sorte utile au fonctionnement de l'entreprise, je dirais même au bon fonctionnement de la société. Vous êtes satisfait de votre travail J. ?

– Eh bien, oui, jusque là je n'ai jamais eu à me plaindre. Seulement j'ai toujours du mal à saisir.

– On peut dire que votre travail vous maintient en forme, non ? Physiquement, vous devez vous sentir bien, et moralement, vous devez être plutôt content ?

– Oui à toutes ces questions... Mais je ne vois quand même pas où est le rapport.

– Justement. Il est là, le rapport. Votre profil est assez banal, je ne veux pas vous offenser en disant ça. Le mot "banal" n'est pas forcément péjoratif. Disons que vous avez un diplôme de troisième année d'université, c'est pas mal mais sans plus, vous aimez bien sortir avec vos amis de temps à autre le week-end, vous postez des vidéos animées de vous sur les réseaux, vous faites un peu de bicyclopode, ce nouvel engin à la mode, mais pas de compétition, juste pour se promener. Jusque là j'ai juste ?

– Oui, mais encore une fois, je ne vois pas où vous voulez en venir. (J. n'avait pas trop aimé d'être traité de "profil banal")

– C'est tout bête… depuis l'année 2028, il a fallu trouver une solution pour lutter contre le chômage de masse qui s'abattait un peu partout en Europe. Il y avait 23 pour cent de chômeurs en France, si ma mémoire est bonne. Je ne sais pas si vous vous souvenez.

Bon, vous avez un peu d'expérience dans d'autres domaines, il me semble dans la livraison et même dans l'éducation. Je ne vais rien vous apprendre en vous disant qu'on vous a recruté car votre niveau d'études était plutôt bon, sans être exceptionnel non plus… en fait oui je me répète mais bon, voilà vous aviez le profil-type idéal, un homme qui a un peu moins de trente ans, qui veut changer de voie et qui souhaite participer à une cause qui lui semble juste. On avait mis l'accent sur l'écologie : la dépollution des usines, le tri, l'arrêt du nucléaire à court terme, vous vous souvenez ? Finalement toutes ces conneries sont restées à l'état de projet d'ailleurs.

Bon, je m'aperçois parfaitement que mes explications sont un peu embrouillées, vous m'avez pris de court et je n'ai pas de discours type pour ce genre de situation. Ce que j'essaye de vous dire, c'est que votre boulot est plutôt sympa, vous avez un salaire décent. Il n'y a pas de quoi se plaindre au final mais je conçois que vous devez vous poser des questions.

– C'est normal, non ?

– On ne peut plus normal, et je vous félicite encore de vous êtes rendu compte aussi rapidement de cette "farce", même si je suis pas sur que ce soit la bonne expression. On avait bien insisté sur les règles pourtant : "ne jamais ouvrir les cartons" ! Vous avez désobéi, à présent il va falloir trouver une solution. Un peu plus de deux ans, franchement, possible que ce soit un record…

— J'ai gagné quelque chose, alors ? demanda J, pour essayer de plaisanter (il s'était fortement détendu mais il avait quand même peur que le chef ne se moque de lui puis qu'il finisse par lui annoncer une sanction).

— C'est bien possible, jeune homme. Enfin, j'ai pas tout à fait fini. Sans vouloir vous dénigrer, vous feriez quoi si vous ne travailliez pas. A plus ou moins long terme, vous passeriez sans doute des journées devant la télé à regarder un tas de films et de séries débiles, ou à surfer sur des sites web ; vous vous mettriez à miser sur les courses de chevaux ou aux paris sportifs, à risquer de perdre vos modestes économies et vos allocations. Je vous verrais bien joueur au casino, à la roulette, tiens. Pas que ce soit un grand mal, non, mais vous tomberiez certainement dans une sorte de spirale démoralisante. Enfin, je dis ça, possible aussi que vous ne feriez rien de ce que je viens de dire. Peut-être vous seriez du genre à vous lancer dans le bénévolat, dans une association caritative, qui sait ?

Mais ce que je veux dire, c'est que peu de gens arrivent à rester seuls chez eux sans finir par végéter, ou pire, par déprimer. Certains s'essaient à l'art avec plus ou moins de réussite, sauf que le plus souvent c'est un sentiment d'échec qui les mine. D'autres s'occupent de leurs mômes, ou bien de leur maison, ils bricolent, tout ça, et ça va un temps. Et les mômes ou bricoler ça coûte de l'argent. Il faut bien travailler, non ? Et puis, j'en ai oublié, la liste est abondante, il y en a encore d'autres qui vont se mettre à tomber dans le cercle vicieux de la boisson ou de la drogue, à commettre des délits, etc. Je ne sais pas trop dans quelle catégorie vous vous trouveriez, mais vous voyez un peu mieux le tableau ?

– Un peu, fit mollement J. qui n'avait néanmoins pas tout à fait cerné le principe, ni où tout cela allait le conduire.

– Bien. Vous voyez, des boulots comme le vôtre, il en existe désormais des milliers et des milliers. Les gens font des choses, qui ne sont pas tous les jours forcément utiles. D'autres gens inventent des trucs pour les occuper, pour ne pas qu'ils aient l'illusion d'être payés à rien foutre. Et le monde semble tourner pas trop mal comme ça. Qu'est-ce que vous en dites ? »

Avec sa main gauche, J. mit son pouce sur son sourcil gauche et son index sur son sourcil droit qui se tordait et fronçait. C'est un truc qu'il faisait régulièrement quand il voulait réfléchir et qu'il n'y arrivait pas. Il tenta néanmoins d'émettre une objection :
« Oui, ça a plutôt l'air de ne pas trop mal tourner, comme vous dites. Le chômage a même baissé chaque année depuis cette fameuse année 2028, considérablement je crois à partir de 2030 ; mais du coup, les gens sont quand même payés à ne rien faire de vraiment concret ? Et moi, je n'avais pas signé pour ça. Donc, pouvez-vous me dire ce qu'il va se passer maintenant ?

– Ahaha ! Le chef se mit à rire. On dirait moi il y a plusieurs années. Ben, ce qui va se passer maintenant c'est un peu à vous de le décider aussi. Possible que vous ayez gagné un gros lot, ouais... Enfin, façon de parler. Et c'est si vous acceptez, et je vous le conseille ! Vous allez être promu responsable d'un secteur. Vous vous occuperez du suivi, du rendement, de la formation, de gestion administrative, à peu près de tout ce que je fais moi. Peut-être que c'est même moi qui vous formerai. Vous me plaisez bien, dans le sens professionnel, je veux dire.

– Je suis pas sûr de vraiment vouloir. Quelles sont les autres options ?

– Je vous déconseille de refuser, mais c'est comme vous voulez. On est dans un pays libre. Si vous refusez, vous serez muté, sûrement sur un poste très pénible, ou pire dans une autre ville, loin d'ici. Mais déjà, je vais vous faire signer un papier, une clause de confidentialité : vous ne devez pas révéler ce que vous avez découvert. De toute manière, vos collègues ne vous croiraient certainement pas. C'est un peu trop dingue vous ne trouvez pas ?

– Je ne comptais pas en parler, non. En effet, cette histoire me paraît complètement irréelle, oui.

– Bien ! Bon, l'entretien s'éternise. Ça va faire 20 minutes qu'on parle, les autres gars vont finir par trouver ça louche à force. Vous me le signez alors, le papier ? »

J. lut la page qui ne lui apprit rien du tout de plus, il fallait juste qu'il s'engage à ne faire connaître à personne quoi que ce soit en rapport avec sa découverte. Il signa. Après tout, il commençait à s'imaginer qu'un poste de responsable lui irait bien.

« Donc, qu'est-ce que je devrai faire si je dis oui ? Mentir aux autres gars ?
— D'un certain point de vue, c'est un peu du mensonge, d'un autre côté ce n'est pas que ça, dites vous que c'est pour une cause plus grande ! Pour le bien d'une nation, le bien de tout un peuple !
— Dit comme ça, c'est vrai que ça pourrait peut-être me plaire.
— Et pensez au salaire, il va doubler dans un premier temps. D'ici trois ou quatre ans, il va même tripler.
— Mais c'est quand même vraiment insensé, tout ça parce que j'ai ouvert plus ou moins malencontreusement deux-trois cartons ? Je n'arrive vraiment pas à le concevoir, tout s'embrouille dans ma tête, déclara J.
— Je vous le fais pas dire. J'étais comme vous.
Il faudra quand même vous décider vite, ok ? Je vous laisse votre journée afin de peser le pour et le contre. Demain, vous viendrez pour prendre votre poste comme d'habitude, sauf qu'au moment d'embaucher, je viendrai vous chercher et je vous emmènerai au secteur 22. Vous débuterez vos nouvelles fonctions dès demain ! »

J. , encore totalement incrédule, serra la main du chef et prit congé. Absorbé dans ses réflexions, il ne prit même pas la peine de dire au revoir à ses collègues qui partaient en pause.

A la minute où il fut seul, Mainoird composa le numéro du directeur.
« Boss ? On en a un nouveau. Un rapide celui-ci. Je lui ai proposé le contrat standard et je pense qu'il va accepter.
– De qui s'agit-il ?
– C'est J., il est arrivé chez nous il y a deux ans, il doit avoir vingt-neuf ans si je ne me trompe.
– Eh bien, il n'a pas traîné celui-là, dis-donc ! Ah je suis ravi, cela faisait un moment que l'on n'en avait pas eu un.
– Un vrai champion, vous verrez. Je vous le présenterai demain.
– Très bien, à demain. »
Mainoird n'aurait jamais cru qu'un de ses gars finirait par découvrir le pot-aux-roses. Sur ses lèvres se dessinait un petit sourire presque arrogant, comme si un peu de mérite retombait sur lui.

J. passa le reste de sa journée à ne rien faire de spécial, à se demander s'il devait accepter la proposition. C'était presque trop beau pour être vrai. Et en même temps il se disait qu'il serait bête de refuser, il verrait bien ce qui se passerait par la suite. Il alla se promener dans le parc à côté de chez lui, appela son frère pour prendre des nouvelles, ne lui parla surtout pas de son travail ni de ce qu'il avait découvert. Il était du genre superstitieux, ça pourrait lui porter malheur. Cette nuit-là, il alla se coucher très tôt et dormit huit bonnes heures, d'un sommeil réparateur.

Le lendemain matin, neuf heures, J. arriva à son poste. Le responsable l'attendait déjà avec un autre homme qu'il n'avait jamais rencontré. C'était un homme bien mis, élégant, en costard-cravate. Mainoird apprit plus tard à J. que ce monsieur aurait bientôt soixante-dix ans révolus, et pourtant il faisait beaucoup plus jeune, on lui donnait facilement quinze ans de moins. Physiquement, il n'avait pas de rides, il était carré, sûrement un ancien grand sportif. Mais quelque chose dans son regard trahissait son âge, on y lisait une certaine sagesse, de l'autorité et de la tristesse aussi.

« Je suis monsieur Delerte, président directeur général de la centrale. Enchanté ! Monsieur Mainoird m'a conté votre exploit, si toutefois on peut appeler ça comme cela. Vous êtes d'accord pour continuer chez nous à un poste de responsable ? » Il avait dit ça doucement, d'un ton enjoué et sympathique.
Les collègues de J. regardaient la scène de loin, certains pronostiquèrent qu'il avait fait une bêtise et qu'il allait se faire sermonner, ou pire, virer.
Ils étaient bien loin de la vérité.
« C'est d'accord, fit J. avec un sourire mal assuré.

– Ah, ça me fait très plaisir ! Ce sera donc Christian Mainoird qui vous accompagnera dans la formation à vos nouvelles fonctions.
– Bon choix J., dit ce dernier, en levant un de ses pouces en l'air, tu ne regretteras pas cette décision. Il s'était mis à le tutoyer comme ça, sans prévenir.
– On démarre maintenant ?
– Il y a d'abord quelques formalités, encore quelques papiers à signer et -je ne sais pas si Christian vous en avait parlé- une prise de vos empreintes digitales. On n'est jamais trop prudent. Tout cela est bon pour vous ?
– On ne m'avait pas parlé de ça mais c'est d'accord. C'est bon pour moi, Monsieur le Directeur !
– Je vous propose, avant de poursuivre, d'aller dire à vos anciens collègues que vous êtes transféré dans un nouveau secteur, ils le sauront bien un jour ou l'autre de toutes les façons. »

Après de brefs au-revoir, les convenances administratives durèrent presque deux heures. Il y eut une pause café qui dura assez longtemps et qui permit à J. de lire toutes les pages du contrat. Il y en avait une bonne trentaine et la taille de police était minuscule. Ce qui l'intéressait le plus, forcément, c'était la partie sur le salaire. Certes, il avait lu dans la page qui précédait qu'il devrait faire sept heures de plus qu'avant, ce qui n'était pas prévu mais le jeu en valait la chandelle car dans une première période il toucherait 3500 euros par mois pendant cinq ans, puis 5000 les années suivantes. Mainoird ne lui avait pas menti sur ce point.

Il se projetait déjà dans quelques mois, il achèterait la toute nouvelle voiture américaine, la Desairs, celle qui passait à chaque publicité sur les chaînes tv et les pages de ses réseaux virtuels. (« Avec la Desairs, roulez dans les airs ! » fredonnait la voix off de la pub) Il la paierait à crédit mais il aurait peu à rembourser. Avec cette voiture, plus besoin de circuler sur les routes, si on le souhaitait.
Non, il faudrait juste qu'il passe la licence pour pouvoir conduire au-dessus du sol. Le flux aérien pour les voitures volantes avait grandement augmenté ces dernières années. Au début de leur mise en service, seulement quelques riches privilégiés avaient eu droit à l'expérience du vol, mais il avait fallu, aux alentours de 2035, créer des voies aériennes grâce à des balisages artificiels lumineux, établir des règles strictes de circulation. Ces nouveaux moyens de locomotion n'étaient plus un luxe réservé à l'élite, leur prix, certes encore élevé, avait tout de même baissé de moitié.

Ce serait compliqué, mais il y arriverait. D'une, il n'avait pas le vertige, de deux, ce n'était pas ce qu'on croyait dans les films des années 1990, les voitures ne décollaient rarement de plus d'une dizaine de mètres de hauteur. Et puis en cas d'accident, il y avait toujours tous ces gadgets automatiques qui se mettaient en marche, si bien que les accidents graves étaient quasiment nuls.

Il se voyait déjà aller frimer jusque dans le ciel de la capitale. Il emmènerait sa petite amie Jessica, ils iraient danser dans la boîte branchée du moment. Celle qui était remplie d'hologrammes et de lumières psychédéliques. Il y avait toujours le dernier DJ top tendance, et on pouvait danser à moitié nu sans que cela soit mal vu. L'entrée n'était pas donnée mais il aurait les moyens à présent. Il rêvait toujours d'y aller depuis que ce reportage avait été diffusé à la télé il y a quelques mois.

Il se sentit soudainement empli d'un sentiment de plénitude. Accompagné de son ancien chef, il prit place dans son nouveau bureau vers 11h30. Après avoir trouvé ses marques, rangé quelques affaires personnelles, ils allèrent tous deux déjeuner au deuxième étage, un espace réservé aux cadres. Non pas qu'il ne fallait pas se mélanger, mais c'était surtout pour que Mainoird lui explique la marche à suivre et lui donne encore d'autres recommandations.

Il n'était jamais monté à ce niveau. Tout ici était mieux agencé, c'était flagrant. Les murs étaient ornés d'argent et de platine ; il y avait, accrochées sous verre, des répliques parfaites des plus grands peintres ; le plafond du long couloir intégrait des sculptures qui faisaient penser à la fresque de la Chapelle Sixtine. Pour rentrer dans une pièce, on appuyait sur une sorte d'interrupteur, qui n'était en fait rien d'autre qu'un système d'ouverture, la porte coulissante s'ouvrait alors de bas en haut. C'était du jamais-vu pour J. qui avançait ébahi comme s'il était entré dans une sorte de parc d'attraction, de nouvelle dimension.

Mainoird remarqua son enthousiasme : « Et encore, petit, tout ça, c'est pas grand chose. Il y a un troisième étage réservé aux rendez-vous d'affaires. Là-haut, tu n'en croirais pas tes yeux. J'y suis déjà allé cinq fois. » Il continua à parler de l'étage du dessus, il racontait qu'il y avait même parfois des hôtes ou des hôtesses un peu spéciaux lorsque des invités de marque venaient, et bien d'autres anecdotes qui semblaient toutes plus inconcevables les unes que les autres. J. ne l'écoutait déjà plus depuis un moment, il se disait à lui-même qu'il le verrait bien de ses propres yeux un jour.

Les jours, les semaines et les mois suivirent et ils passèrent comme des secondes. La formation de J. fut rapide, une petite semaine seulement et il avait déjà saisi ce qu'il devrait faire dans le futur. C'est à dire finalement pas grand-chose ! Il devait simplement vérifier que son équipe travaillait bien. A présent il était prévenu lorsque les cartons étaient véritablement importants, lorsque ce qu'il y avait dedans n'était pas que de la marchandise superflue. Là dessus aussi l'ancien chef ne lui avait pas raconté de mensonge : il n'y avait rarement plus de deux ou trois jours dans le mois qui étaient vraiment intéressants. Il pouvait alors demander à un tel ou un tel de se dépêcher un peu plus pour respecter le quota imposé par la direction. Il s'amusait parfois à faire une sorte de compétition pour voir qui de son équipe ou de son ancienne terminerait en premier. Les résultats étaient mis à jour en temps réel sur le logiciel de la centrale, et s'il gagnait il envoyait un mail à Mainoird pour se moquer gentiment.

Le reste du temps, il faisait des réunions avec les employés, il n'avait jamais eu le sentiment d'être un menteur, il avait par contre quelque peu l'impression de jouer la comédie, de faire l'acteur. Mais au final, son nouveau rôle lui convenait bien. Au bout de six mois, il avait pu économiser assez pour s'acheter le véhicule dont il rêvait et passer ce fameux permis de vol. Fort de son nouveau statut, il avait pris confiance en lui ; sans s'en rendre compte, il marchait le dos droit, l'allure fière. Tout allait donc pour le mieux.

Enfin, quelques semaines passèrent encore sans qu'un seul nuage noir ne vienne obscurcir l'esprit ensoleillé de J.

C'était bientôt la fin de l'été mais les journées étaient encore chaudes, les ouvriers en avaient un peu ras-le-bol, surtout que la climatisation était en panne depuis plusieurs jours. Certaines rumeurs circulaient également sur le compte de fausses pièces mais elles furent vite démontées les unes après les autres. De plus, la plupart des employés qui en avaient entendu parler refusaient tout bonnement de croire à ces ragots. Pourtant, le dernier jour de septembre, quelques gars qui étaient sous la responsabilité de J. quittèrent l'usine, sans qu'il ne sache pourquoi. Il ne fut averti qu'à la fin de la journée. Peut-être y-avait-il là un autre mystère ?

Sur sa boîte mail, juste avant l'heure à laquelle il allait finir sa journée, il s'aperçut qu'il avait reçu un message crypté de la part du directeur Delerte ; il fallait qu'il l'ouvre en saisissant deux codes. Un qu'il recevrait le lendemain par voie postale à son adresse, l'autre qu'on viendrait lui transmettre oralement. Delerte s'était absenté à l'étranger pour affaires. Ça devait être assez important et la devise du grand chef : « on n'est jamais trop prudent » semblait s'appliquer particulièrement bien dans ce cas.

Le lendemain après-midi, il put enfin ouvrir le mail. Dans un premier paragraphe, Delerte expliquait pourquoi il avait dû se séparer de certains employés. Il y avait dans le tas des journalistes, des gens qui propageaient des rumeurs, dont certaines s'avéraient vraies mais qui nuisaient à l'équipe entière. Il pouvait aussi y avoir des conspirateurs, des gens déjà au courant de la politique mise en place au sein de l'usine et qui voulaient combattre le système de l'intérieur. Les caméras de surveillance installées sur des zones de travail où les employés ne pouvaient les voir avaient joué un grand rôle dans le licenciement de ces personnes. Certains employés avaient par exemple été filmés en train de prendre des photos compromettantes. Au mois d'août, il y avait eu également un vol de pièces, tout à fait réelles celles-ci, mais il avait eu lieu dans le bâtiment C, et tout était rentré dans l'ordre sans contrariété, les voleurs avaient même rendu la totalité du matériel.

Dans la deuxième partie, en employant un style toujours assez sophistiqué, il disait toute la confiance qu'il avait placée en J. et l'estime qu'il lui portait. Il espérait que tout se déroulait pour lui de la meilleure des façons et qu'il accepterait de venir dîner chez lui ce samedi soir. Sans donner plus de précision, il disait qu'il y aurait d'autres convives.

J. sourit devant son écran. Ce directeur était vraiment sympa, cependant d'un côté il se méfiait. Fallait-il nouer des liens trop étroits avec cette personne ? Il n'avait jamais trop aimé mélanger vie professionnelle et vie privée. Faire une exception de temps en temps ne pouvait pas faire de mal, ça ne l'engageait à rien après tout, il décida d'y aller. Il appuya avec son index sur le bouton « je participe » qui s'affichait en 3D sur l'écran tactile.

Le samedi soir venu, J. avait mis son plus beau costume. Il avait prévenu Jessica qu'il ne l'emmènerait pas sortir ce soir. Elle aurait peut-être pu l'accompagner mais M. Delerte ne l'avait pas mentionné dans son message. Ainsi, il était là, seul à attendre devant la grille de la maison.

L'intérêt de tous ces portails grandiloquents avait d'ailleurs fortement diminué : J. aurait très bien pu surmonter l'obstacle avec sa voiture Desairs et aller se garer dans la cour. C'était surtout une question de respect et de savoir-vivre, bien entendu. Mais, en plus, enfin selon la voix off du slogan de la pub, ces voitures étaient équipés d'un sens aigu de la Morale... disons juste qu'elles avaient en fait été conçues pour ne fonctionner qu'avec un seul propriétaire. *Démarre uniquement si la personne au volant est le conducteur attitré. Démarre avec scan rétinien et scan digital. Démarrage manuel uniquement si le conducteur est sobre.* Cela faisait partie des quelques conditions d'achat et d'utilisation. Si un individu souhaitait commettre un délit avec ce genre de voiture, il se serait fait rattraper quelques heures après.

La grille se déverrouilla après que le système vidéo ait reconnu J. comme étant bien un des invités. Il y avait déjà plusieurs voitures qui étaient parquées là. Il reconnut celle de Mainoird, une vieille voiture de collection, une Ford blanche des années 1950. Il l'avait déjà aperçue sur le parking de la centrale. Il avait dû la customiser, elle apparaissait presque neuve, cependant l'aspect et la forme ne faisaient aucun doute, c'était un modèle très ancien et qui devait coûter pas mal d'argent. D'autres voitures plus ou moins belles étaient là, J. n'y fit pas trop attention, il alla se placer sur le perron et sonna.

C'était la femme de Delerte qui lui ouvrit la porte, peut-être qu'elle avait le même âge que son mari mais elle en paraissait également beaucoup moins. Tous deux devaient s'adonner aux joies des séances de chirurgie esthétique ou alors faire des cures qui intégraient ce nouveau traitement anti-vieillesse.

Évidemment, aucune ride ne transparaissait sur son visage.

« Entrez, J. , c'est un plaisir de vous rencontrer. Elle avait dit ça sur un ton enjoué, avec un grand sourire sans doute quelque peu exagéré.

— Ravi aussi, Madame, vous avez une très charmante maison, tenez c'est pour vous, répondit-il en tendant un bouquet de fleurs.

— Merci, mais il ne fallait rien apporter ! Vous êtes gentil, allez, entrez dans le salon. Les invités sont pratiquement tous arrivés. »

La soirée se déroula merveilleusement bien. J. salua tout le monde et se fit de nombreuses nouvelles relations, il y avait des gens de toutes catégories sociales qui étaient présents. Delerte semblait être un homme qui aimait bien recevoir sans faire de distinction. Il reconnut d'ailleurs quelques modestes employés subalternes de l'usine.

L'intérieur de la maison était plutôt luxueux, sans toutefois être tape-à-l'œil.
J. avait bien remarqué que l'électro-ménager était véritablement dernier cri. Il y avait dans la cuisine, par exemple, ce frigo de fabrication russe, celui qui pouvait rejeter du froid dans les autres salles et donc servir à la fois de climatiseur. Il y avait aussi dans le salon une magnifique télévision 3D incurvée avec un écran -fin comme un billet de banque- de 2 mètres sur 1 mètre 20, incrustée dans le mur près d'un aquarium en céramique où évoluaient des poissons aux couleurs exotiques.

En revanche, hormis ces appareils, le décor était pour ainsi dire assez quelconque : des tapisseries jolies mais banales, plutôt classiques dans leur ensemble. Le mobilier était d'apparence basique, des meubles en merisier ou en acajou comme J. lui-même en possédait. Rien de bien extravagant ou qui puisse porter à s'émerveiller. Il trouva cela plus sage, il valait mieux rester simple.

Une seule fausse note vint quelque peu ternir cette agréable soirée. Alors qu'il était tranquillement assis dans le salon en train de discuter avec Mainoird, J. crut voir indistinctement dans l'embrasure d'une porte une silhouette avec la même physionomie que son interlocuteur. Il mit cette apparition sur le compte des quelques cocktails à base d'alcool importé d'Amérique du Sud qu'il avait ingérés et oublia ce mirage dans la foulée.

Lorsqu'il fut l'heure de partir, vers 1h30 du matin, J. , sans toutefois avoir beaucoup bu, n'était pas en mesure de conduire. Il n'avait pas abusé, mais c'était trop. L'éthylomètre de sa Desairs le détecta dès qu'il s'installa sur le siège et indiqua deux centièmes au dessus du taux légal. Il dut donc s'en remettre au pilotage automatique, un peu à regret. La voiture roula jusqu'à sortir de l'enceinte de la maison puis décolla en souplesse. Elle mena sereinement J. jusqu'à sa place de parking réservée, au bas de son immeuble.

Le lundi matin, J. alla prendre son poste. Comme à son habitude, il arriva une demi-heure avant les autres employés, pour vérifier l'état des machines, les mettre en route.

Mais ce qu'il découvrit ce jour-là dépassa son entendement : *il* était déjà là ! C'était son sosie trait pour trait qui se tenait à sa place ! Il avait des habits que J. portait régulièrement, les mêmes lunettes en équilibre sur le col de sa chemise, la même coupe de cheveux, les mêmes mimiques. Assis à son bureau, sur son fauteuil en cuir, dans le plus grand des calmes, le sosie était en train de consulter les feuilles de suivi et les consignes du jour. Il avait l'air de faire son travail !

J. resta bouche bée durant de nombreuses secondes.
Perplexe, il avait beau chercher, il ne voyait pas ce que faisait ce clone de lui-même ici.
L'autre, quand il le vit, ne parut par contre aucunement choqué, il ne semblait pas du tout reconnaître en J. un jumeau identique. Stoïque, il ne dit rien d'autre qu'un déstabilisant : « Bonjour Monsieur, que faites-vous là ? (c'était le même timbre de voix que celui de J. et l'intonation, l'accent étaient eux aussi parfaitement imités)
– Comment ça, qu'est ce que je fais là ? s'étonna J., décontenancé. Mais je travaille là, c'est mon bureau ici ! C'est vous, que faites vous là ? Je vais appeler la sécurité de ce pas ! »

J. se crut dans un mauvais cauchemar, ça ne pouvait être que ça, à coup sûr, il devait être en train de dormir. Au cas où, il se donna une claque virulente sur sa joue droite. Ni réveil, ni lit, ni rien en rapport avec le sommeil. Juste cette salle et ce double de lui-même qui commençait à le regarder quelque peu de travers. J. s'empara du téléphone et entreprit de composer le numéro de l'agent de sécurité.

C'est le moment que choisit Delerte pour faire son entrée dans le bureau, sans avoir frappé. Il était là à épier la scène depuis un bon moment, à travers la porte vitrée. « Ah, J. vous avez fait connaissance avec notre nouvelle recrue. Avec vous-même, si je puis me permettre de faire une blague. » Le directeur se lança dans un ricanement, comme réjoui de sa plaisanterie, puis il poursuivit en ayant gardé son sourire narquois : « Rassurez-vous, vous allez bientôt comprendre ce que tout cela signifie.

– J'espère bien, fit J. impatient, car là j'ai vraiment l'impression d'être dans un mauvais film de science-fiction »

L'autre J. , son double, s'était comme figé sur place. Une vraie statue qui était encore vivante la seconde d'avant. J. remarqua que Delerte tenait dans sa main un genre de télécommande. Il devait être capable de ranimer la statue à n'importe quel moment en appuyant sur un bouton.

« Il s'agit d'un de vos modèles de remplacement, exposa Deletre, il est plutôt bluffant, vous ne trouvez pas ?

– Vous voulez me remplacer ? s'enquit avec stupeur J. C'est un automate et il sera plus rentable que moi, c'est ça ?

– Mais non, mais non, où êtes-vous allé chercher tout ça ? Vous ne me faites pas confiance, J. ?

– On n'est jamais trop prudent, c'est ce que vous m'aviez dit la première fois que l'on s'est rencontrés. Alors non, même si vous m'avez invité chez vous, j'ai toujours du mal à vous faire confiance.

– Allez, je vous comprends. Moi-même je suis comme vous. Ma femme me le reproche d'ailleurs régulièrement. "Tu devrais faire plus confiance à tes employés" elle me rabâche cela souvent.

– Alors, qu'est ce que ça veut dire, Monsieur ? Je ne comprends pas. (J. était déboussolé)

– C'est pour vos congés. Voilà ce que cela veut dire. Si toutefois un jour vous désiriez prendre plus de vacances qu'il n'est permis selon la convention en vigueur, vous auriez seulement à me prévenir. Je sais ce que c'est, parfois, on resterait bien une semaine de plus à profiter du bon temps, n'est-ce pas ? C'est bientôt la fin de l'été et je vois que vous n'avez eu droit qu'à deux semaines au mois de juillet. Alors je vous offre une autre semaine, disons… la semaine prochaine ? La météo est très optimiste, ils annoncent un temps exceptionnel sur toute la France. C'est une façon de vous remercier pour votre travail et votre sérieux. Vous savez, continua fièrement Delerte, j'en possède deux, de doubles, Mainoird idem, et d'autres gens que vous ne soupçonneriez même pas en ont un ou plusieurs eux aussi. ».

Fallait-il considérer cela comme un cadeau de la direction ? J. ne sut pas quoi répliquer, toute cette histoire, c'était encore vraiment trop dément.

Soudain, sans que ni l'un ni l'autre ne s'y attende, le double se hasarda à bouger. Il se mit debout et s'approchait de J. d'un pas zombiesque. A la manière d'un prédicateur de la fin du monde, il professait férocement : « Pas la sécurité... Pas la sécurité ! »
– Arrêtez-le ! s'écria J.
– Je ne comprends pas ! s'exclama un Delerte pris de panique. Je n'ai pourtant appuyé sur aucune touche, il ne devrait pas se comporter ainsi !

L'autre n'était plus qu'à une encolure de J., il agitait ses bras, les tendait en avant ; ils menaçaient d'atteindre bientôt la gorge de J. Ce dernier se débattit comme un beau diable mais sans que cela ne serve à rien, l'autre possédait une force phénoménale, et à l'aide de ses mains, il exerçait à présent une pression au niveau de son cou.

Il cherchait à le tuer !

Le directeur, manifestement désemparé, avait beau manipuler sa télécommande dans tous les sens, cette espèce d'androïde ne se paralysait pas.

Les yeux exorbités, J. se saisit d'une agrafeuse et, avec l'énergie du désespoir, asséna un coup sur le crâne de son double. Double qui, désorienté, chancela quelques secondes et s'affaissa, mais ne se stoppa pas pour autant. Au contraire, ses forces étaient désormais décuplées…
Il fit tomber sa chemise et, torse nu, exhiba ses muscles saillants. Sur cet aspect, il était bien plus râblé que son jumeau.

Le monstre se redressa et se dirigeait de plus belle vers J.
« Pas la sécurité… Pas la sécurité »

Clic-clic

Sur l'écran de son ordinateur, les mots qui étaient alignés sur la page de son traitement de texte ne ressemblaient pas à grand-chose. C'était juste des machins noirs. Ça aurait très bien pu être des insectes immobiles, quoique certains semblaient bouger s'il les fixait trop longuement. Ou bien alors ce n'était pas des mots écrits en français mais dans une langue qu'il ne connaissait pas. Alvin s'était endormi l'espace de dix secondes.

A sa droite trônait un verre de whisky quasiment vide, les glaçons qui étaient dedans avaient fondu et on aurait dit comme des petits fantômes translucides qui n'allaient pas tarder à disparaître pour rejoindre le néant.

A sa gauche traînait un cendrier, cendrier sur lequel reposait -à moitié consumée- une cigarette, cigarette encore tenue mollement par le pouce et l'index de la main droite d'Alvin. Alvin qui se concentra et qui relut rapidement ce qu'il venait d'écrire. Dans sa tête, le prélude de l'ivresse se fit ressentir, mais c'était la mauvaise, celle qui donne envie de vomir. Ses propres phrases lui donnaient la nausée. Cette histoire de travail dans le futur et de double tueur, c'était sûrement une des choses les plus nulles qu'il ait jamais écrite. Qui pourrait lire ça ? Est-ce qu'un lecteur pourrait supporter pendant des pages et des pages ces dialogues insipides, cette intrigue creuse ? Ce récit était censé servir de suite à son premier roman mais il se mit à songer que c'était du déjà-vu.

Il était peut-être trop dur avec lui-même, ou alors, non, ça devait être à cause de Linda. Trois jours qu'elle l'avait laissé planté là comme un imbécile. Et il y avait encore cette saloperie de liste… Il n'avait aucune envie de s'y tenir.

Il en avait vraiment marre de toute cette science-fiction, du fantastique. Pourquoi est-ce qu'il s'escrimait à vouloir écrire des trucs comme ça ? Ça n'était plus lui, ça ne l'avait sans doute même jamais été. Lui, dans le fond il avait toujours rêvé d'écrire des romans psychologiques, tel un Dostoïevski, ou à la limite des récits semi-autobiographiques à la John Fante ; non, il n'avait jamais pu franchir ce cap. Et au lieu de ça, il s'acharnait à continuer de créer des histoires qui finissaient par toutes se ressembler.

Il se leva de sa chaise pour ouvrir la fenêtre ; l'air était frais en ce 3 septembre mais le salon empestait la fumée, il fallait bien aérer. Quelle vie d'idiot. Enfermé là-dedans, alors que du dehors on entendait la musique entraînante d'un bar d'à côté. Il aurait mieux fait d'aller y faire un tour ce soir plutôt que d'essayer vainement de retrouver l'inspiration. Il aurait mieux fait de faire des pieds et des mains pour trouver où était allée Linda. Trois jours, seulement trois jours qu'elle s'était évaporée, et il avait le sentiment désagréable qu'elle l'avait laissé tomber pour de bon.

Il songea avec aigreur qu'il n'aurait jamais dû se risquer à écrire quoi que ce soit. Au début, on ne lui avait rien demandé, personne ne lui avait braqué une arme sur le front en l'obligeant à taper sur le clavier, il s'était confié cette mission tout seul. Continuer sagement ses études, finir professeur d'espagnol dans un collège ou un lycée. Ç'aurait été un destin tout à fait respectable. Non, il n'en avait fait qu'à sa tête. Monsieur voulait devenir écrivain. Et le pire était que ça n'avait pas si mal marché.

A vingt-six ans, son premier livre, « Des clones sans passion », avait connu un petit succès local, un succès d'estime. Quelque 4000 exemplaires papier vendus en une année, c'était un très bon score. Et il se vendait apparemment encore aujourd'hui. Ce court roman d'approximativement 150 pages contait l'histoire de clones arrivés au pouvoir du gouvernement français ; la trame n'était pas mal ficelée, et la fin laissait un suspense : on ne savait pas si les clones étaient réellement les politiciens au pouvoir ou alors les gens du peuple.

Il avait attiré l'attention de quelques médias. Certains journaux de sa région en avaient un peu trop fait : ils parlaient de lui comme l'héritier français d'Asimov, comme un futur très grand écrivain. Il avait participé à quelques séances de dédicaces dans de modestes librairies. Il avait aussi évidemment essuyé plusieurs critiques. Le site *Lecteur-du-monde* lui avait attribué une étoile et demie, avec des commentaires acerbes comme : « maigre et concis », « de la science-fiction de bas étage », « trop de facilités », « du P.K. Dick réchauffé ». Lui avait préféré ne voir que le côté positif.

Il avait eu de quoi être fier. Il aurait tout aussi bien pu s'arrêter là et trouver un « vrai métier » comme disaient ses parents. Non, il s'était senti pousser des ailes et avait voulu persévérer dans cette voie. C'était un peu grâce à ce livre tout compte fait qu'il avait rencontré Linda. Ils étaient tombés amoureux alors qu'ils étaient tous les deux dans la même université de Strasbourg. Il venait de publier son livre, elle était tombée dessus par hasard et l'avait trouvé, pour reprendre ses mots, « intéressant et prometteur ». Elle avait dû admettre dans le futur que c'était plus l'originalité du personnage d'Alvin, le fait qu'il se dise écrivain, qui l'avait attirée. Ensuite, petit à petit ils s'étaient mis à se fréquenter de plus en plus souvent ; elle l'avait mis au défi d'écrire un deuxième tome ou une autre fiction.

Et sans qu'elle ne le pousse beaucoup, il avait déjà fini son deuxième bouquin deux ans plus tard. Belle réussite : en un peu plus d'une année, 20 000 exemplaires vendus cette fois-ci, et sans compter les livres sur le net.

« La dernière folie du Capitaine Edens » Quand il y repensait, quelle inspiration fabuleuse il avait eue ! Il avait su mêler adroitement la science-fiction avec la comédie, il avait également intégré des éléments tout à fait réalistes et historiques qui semblaient avoir fasciné de nombreux lecteurs.

Pour résumer, le Capitaine Edens était un héros de la Seconde Guerre Mondiale, en fait non, il était bien plus que cela. C'était un super-héros qui venait du passé, qui repartait ensuite dans le futur, puis qui revenait dans le passé et ainsi de suite. Ce Capitaine, il était vraiment parvenu à faire de lui un personnage développé, presque vivant. Il avait des implants électroniques dans les mains qui lui permettaient de faire ralentir les balles quand les mitraillettes ennemies allemandes lui tiraient dessus par rafales ; il pouvait, grâce à ses prothèses amovibles, se déplacer plus vite que n'importe quel soldat ; il savait à l'avance ce qu'il se passerait mais devait néanmoins se méfier de la portée de ses actes, parce qu'il risquait de changer le cours des événements sur le long terme. Un genre de *Matrix* revisité.

Comme il l'avait fait pour son premier livre, Alvin avait laissé planer des doutes qu'il éclaircissait dans les toutes dernières pages, même plus exactement dans les derniers mots, telle Agatha Christie. C'était une histoire qui avait bien marché, surtout pour les adolescents.

Il était en train de repenser à tout ça, à tout ce déferlement médiatique (à petite échelle), cet engouement pour sa personne, pour sa littérature ; cela lui avait permis de prendre une revanche sur son passé guère exceptionnel. Cette vie agréable avec Linda, si heureuse que tout marche comme il le fallait. Lui, qui venait tout juste d'avoir vingt-huis ans, et elle vingt-quatre, c'était l'existence rêvée.

Avec l'argent récolté, ils avaient migré dans une jolie petite demeure de banlieue lyonnaise. Linda avait trouvé un poste de professeur de français là-bas. Tandis qu'Alvin, lui, avait délaissé ses études (il avait seulement fait deux ans de sociologie, puis obtenu difficilement une licence en espagnol), il avait tout abandonné pour se consacrer à sa prose. Comme ils avaient besoin d'argent, il avait fait plusieurs petits boulots, parfois pas très glorifiants, qui lui avaient rappelé ses années d'étudiant. Il avait également exercé quelques mois dans un collège en tant que professeur remplaçant, métier qu'il avait apprécié. Toutefois dès qu'il rentrait, il se remettait invariablement à l'écriture. Et il n'en avait jamais assez, il passait son temps libre à écrire et écrire. Même lorsqu'il dormait, dans ses rêves il écrivait encore. Tout compte fait, ça ne l'étonnait pas trop qu'elle ait fini par se barrer, comme cela, sans le prévenir, c'était peut-être à cause de ça.

Il aurait certainement dû se rendre à l'évidence un peu avant que Linda commençait à être un peu grisée de son comportement. Certes, elle avait toujours apprécié l'accompagner à ses rendez-vous, aux différentes conventions organisées par diverses associations, aux salons d'auteur, etc. Elle adorait recevoir des gens à la maison, faire des soirées qui, de temps en temps, dégénéraient quand les invités avaient trop picolé. Elle paraissait tellement *fan* d'Alvin qu'elle lui pardonnait presque tout, même quand ce dernier lui parlait mal ou quand il lui faisait la gueule pendant des jours. Ça oui, il l'avait bien remarqué, il en avait souvent joué, comme un gamin. Des tensions (sans grande gravité) étaient apparues, elle critiquait sa façon d'écrire, son comportement, elle se rebellait, elle en avait simplement marre de le voir tout le temps derrière son écran, à composer des textes qu'elle n'aimait même pas lire, comme elle avait dû lui avouer plus tard.

Ils avaient ensuite déménagé de nouveau, il y avait à peine plus de deux ans, dans un bel appartement au troisième étage, situé dans un quartier chic pas très loin de Paris. Loyer élevé mais l'ambiance entre eux s'était nettement améliorée. Ils parlaient même récemment d'avoir un enfant.

Pourtant, Alvin avait continué à s'obstiner dans son délire d'écriture, de livre ou roman ultime comme il disait. « Tu verras, je vais écrire mon roman ultime pour mes trente-trois ans, puis je ressusciterai et j'en écrirai tout un tas d'autres encore bien mieux », déclamait-il fréquemment à Linda en se marrant. Elle répondait en faisant « Tsss » avec un signe de la tête qui voulait dire non. Dans le fond, il était sûr qu'il la faisait rire quand même.

Il aurait pu s'accorder du répit, profiter un peu. Non, il écrivait toute la journée, toutes les nuits, comme si c'était une question de vie ou de mort. Bien-sûr il n'avait pas d'emploi. En 2017, il avait enchaîné avec un recueil de nouvelles qui fit encore un carton, à son niveau bien sûr. Pour un gars qui vient de province, c'était un carton. Mais ce n'était pas encore le livre ultime dont il parlait. Il était persuadé de pouvoir l'écrire cette année, pour ses trente-trois ans.

Alvin alluma une nouvelle cigarette. Il avait enfilé un vieux pantalon crade de jogging et un t-shirt floqué Iron Maiden, il se sentait à l'aise là-dedans. Il était près de trois heures du matin et il aurait peut-être mieux fait d'aller se coucher. Mais ce gaillard de taille moyenne, avec ses cheveux châtains courts, sa corpulence plutôt svelte, ne pouvait s'empêcher de penser à Linda. De ses yeux marron clair, il admira pendant plusieurs secondes une photographie de sa bien-aimée ; il se creusa encore la tête pour établir les raisons plausibles de son départ précipité.

Au début qu'il avait pris le parti d'écrire, il passait des heures sur le net et les réseaux sociaux, il faisait sa propre publicité. Il changeait souvent sa photo de profil, *postait* des statuts marrants ou partageait des citations d'autres personnes, par exemple de grands écrivains qu'il vénérait. Il aimait bien ensuite constater combien de *like* il avait obtenu. Il avait totalisé au fur et à mesure des années pas moins de 10 000 *fans*.

Bien-sur, cela ne voulait rien dire. Quand il y réfléchissait sérieusement, c'était juste des chiffres, mais ça lui apportait quand même un peu de réconfort. Et ça faisait sérieux, les gens se fient souvent à la loi du nombre, comme si c'était un indice valable de confiance. Lorsqu'il récoltait moins de 200 pouces en l'air, il était un brin déçu. Sur 10 000 personnes qui suivaient ses comptes, 200, ce n'était pas terrible.

C'était une sorte d'obsession un peu bête, il s'était laissé prendre au jeu. Linda, ça la faisait rire, surtout les premières années, elle participait à tout ce cirque, le conseillait en l'aidant à développer des concepts. Mais à partir de leur troisième année de couple, elle en avait eu marre de ça. « Arrête un peu avec tes réseaux », elle lui disait quand elle le voyait le nez sur son écran de portable. « Ok, Madame la Commanderesse ! » opinait-il.

Sauf que plus elle le saoulait, plus il se retranchait dans ce refuge virtuel, c'était comme une spirale infernale. Elle devait sûrement être un peu jalouse, car elle aussi, elle avait une page dédiée pour son activité de photographe amateur, et elle avait moins de retours, moins de commentaires que lui. Il faut dire qu'Alvin, ce petit malin, avait acheté des abonnés, des amis virtuels qui parfois s'enhardissaient à répondre automatiquement au moindre de ses faits et gestes sur les réseaux, à laisser des commentaires dithyrambiques même lorsqu'il postait n'importe quoi. A force, ce n'était même plus amusant.

Au bout d'un moment (il y a peu de temps de cela), juste après avoir fini son recueil de nouvelles, il s'était lassé. Il y passait maintenant de moins en moins de temps. Il avait enlevé pratiquement toutes ses photos, n'avait laissé que des choses publiques en rapport avec ses œuvres. Ce n'était donc pas à cause de ça si elle était partie. Et elle lui aurait dit.

Le ronflement ? Ça devait forcément être ça, elle lui avait déjà fait des reproches plusieurs fois. Il avait vu une émission à la tv où des gens avaient quitté leur compagnon ou leur compagne car il ou elle ronflait trop fort. Non quand même, ça devait être autre chose qu'un problème de décibels nocturnes. Elle n'avait pas pu partir que pour cela, c'était trop anodin, et pareil, elle lui en aurait parlé, ils auraient trouvé une solution ensemble.

Une autre possibilité : elle était atteinte d'une maladie grave, elle ou bien un de ses proches ; elle avait dû partir en urgence. Elle ne voulait pas le mettre au courant pour ne pas l'inquiéter.

Autre option : Linda menait une expérience scientifique dont il était le cobaye. Durant les cinq-six années de leur relation, elle avait pris quotidiennement des notes sur lui et était en train de rédiger une thèse quelque part.

Finalement, le plus probable était qu'elle avait trouvé quelqu'un d'autre, elle avait voulu le ménager donc elle ne lui avait rien dit. Toutefois cela s'avérait pour lui impensable, il était convaincu qu'elle l'aimait. Et deux nuits avant son départ, ils avaient encore couché ensemble. C'était tendre et torride à la fois. C'était toujours comme ça avec elle, le feu et la glace réunis. Le simple fait de repenser à cette soirée d'amour commençait d'ailleurs à lui donner chaud, spécialement au niveau de son entrejambe qui se trouvait dans son vieux jogging dégueulasse… Une subtile bosse ne tarda pas à poindre, mais il n'y prêta pas attention, ça ne lui disait toujours pas pourquoi elle s'était cassée du jour au lendemain, sans la moindre justification. Personne ne fait des choses comme ça. Ça ne tenait pas debout.

Ou alors non, peut-être que Linda s'ennuyait à ses côtés. Seulement ; comment aurait-il pu le deviner lui, si elle ne le disait pas.
Un beau soir, elle n'était pas rentrée de sa réunion de travail. Il était tellement concentré sur son fichu bouquin qu'il ne s'en était même pas inquiété avant minuit. Il avait essayé de l'appeler mais il tombait inévitablement sur sa messagerie, ses SMS restaient sans réponse.
C'était la première fois qu'elle lui faisait ce coup ; il n'avait pas tardé à craindre un accident ou à l'imaginer avec un autre homme. Il avait fini par appeler sa collègue Julia. Derrière il avait entendu : « Raccroche, j'ai pas envie de lui parler ». Il avait reconnu la voix de Linda, donc elle allait bien et elle n'était pas non plus allée chez un autre, il avait été à peine soulagé.
Julia avait vainement essayé d'être rassurante : « Elle va bien, elle dort chez moi !
– Elle aurait pu m'envoyer un message quand même » il s'était énervé, agacé.

C'était incompréhensible cette façon d'agir, ils ne s'étaient même pas disputés, il n'y avait rien qui laissait présager qu'elle puisse s'en aller. Et puis, voilà, le lendemain en fin de journée, elle était revenue chercher ses affaires, elle disparaissait avec deux grandes valises, sans communiquer plus d'explications, un peu comme pour le punir, mais de quelque chose qu'il ne comprenait pas. Il avait cru qu'elle voulait lui faire une blague, puis quand il comprit que c'était sérieux, qu'elle allait partir comme ça sans raison précise, il changea de face.

D'abord, il l'avait harcelée de questions en tout genre. Puis se persuadant que c'était de sa faute à lui, il la supplia, lui jura qu'il allait changer, il promit même de chercher un vrai travail, de ne plus toucher à un crayon ou à son clavier d'ordinateur pendant un an. Elle n'avait rien voulu entendre, marchant d'un pas hautain dans l'appartement, à la recherche d'une affaire oubliée.

S'il se fiait à la liste débile qu'elle avait laissée, elle allait revenir, c'était sûr et certain, mais quand ? Lui, il ne pouvait pas s'empêcher de se représenter tout et n'importe quoi.

La collègue Julia lui avait seulement indiqué que Linda n'exerçait plus dans le même collège qu'elle. Naturellement, il avait questionné les amis qu'ils avaient en commun et comme par hasard, personne ne savait rien. Alvin avait du mal à le croire, ils étaient peut-être tous au courant et ne voulaient rien dire, les salauds. Il avait tenté de géolocaliser son portable sur un site internet, c'était bidon, une arnaque. Il ne savait pas où elle se trouvait.

Elle avait dit quoi au juste déjà avec sa moue nébuleuse ? Il éprouvait des difficultés à se rappeler les mots exacts. Un truc comme : « Je pars quelques jours, ne t'en fais pas ce n'est pas vraiment à cause de toi, enfin… Tu comprendras bientôt. Tu regarderas sur le meuble de la salle de bain, j'ai laissé une liste de choses que tu feras quand je serai partie. Tu les feras, hein. S'il te plaît. Et va pas croire que j'ai un autre homme, je te connais ! J'ai seulement envie de prendre un peu de recul, et bla bla bla. »

Non mais qui pouvait faire une chose pareille, en toute décontraction en plus ? Elle l'avait embrassé entre la joue et le coin des lèvres et puis elle était partie, doucement, sans claquer la porte.

Effectivement, Linda avait pas mal reculé. Déjà, elle avait entendu parler de cette offre d'emploi qui lui plaisait bien : travailler le matin et avoir ses après-midi de tranquille, pour le même salaire -à quelque chose près- qu'elle touchait auparavant. Et puis, fin août, début septembre lui avait paru être le moment idéal pour s'éloigner. Il n'y avait pas d'échéance proche ou de date anniversaire qui aurait pu freiner sa décision. Elle avait prévu son coup depuis un bout de temps.

Elle n'avait pourtant jamais été ce genre de femme manipulatrice ou calculatrice, et encore moins en amour. La jeune femme avait voulu suivre cependant le conseil de sa mère, il s'avérerait peut-être payant. Si elle constatait le contraire, il lui faudrait trouver un moyen de se faire pardonner.

Sa mère, elle était allée passer les trois premiers jours chez elle, dans la périphérie de Nantes. Celle-ci lui avait remonté le moral, en employant toujours le même argument de choc : « Tu verras, je suis sûre que ça marchera. Pour plein de mes copines ça a fonctionné, enfin c'est bizarre à première vue, mais faut les faire un peu mariner ces hommes. Moi je n'ai pas osé et regarde où il est ton père maintenant, installé avec une pimbêche, je ne sais où, au fin fond de la Suisse ! » Elle avait réellement le don de la convaincre et de la faire rire.

Deux mois avant de quitter son homme, Linda avait pris ses dispositions pour louer un petit pavillon : cinq pièces meublées avec chambre et salle de bain à l'étage, une terrasse, un minuscule balcon. Un endroit charmant dans un lotissement chic et calme. C'était à côté de Nantes également, à une trentaine de kilomètres.
Alors elle pourrait rendre visite à sa mère plus régulièrement. Son père, elle l'appelait de temps à autre, ou le voyait sur le vidéophone, elle ressentait moins le besoin de le voir.

Avec son mètre soixante-douze, sa longue chevelure lisse, d'une blondeur incomparable au naturel, ses yeux de couleur bleue (deux océans Antarctique tirant sur un vert opaline selon l'intensité de la lumière), des fossettes naissantes dès que l'un de ses sourires s'esquissait, ses mensurations quasi parfaites, Linda aurait facilement pu devenir top-model, égérie pour une marque de vêtements célèbre, miss-je-ne-sais-quoi, ou bien encore rafler plusieurs prix de beauté. Mais elle n'avait jamais cherché à profiter de son apparence. A vingt-neuf ans, elle savait qu'elle était toujours une très belle femme, pas au point d'avoir le monde à ses pieds non plus, mais une flopée d'hommes, sans doute oui.
En ce moment, elle avait surtout envie d'être seule quelques semaines et de faire le point, c'était aussi ça qui l'avait motivée à partir.
Certainement aussi sa manière de se venger de lui. Les premières années de leur relation, Alvin lui avait

pas mal marché dessus, au sens figuré, et elle, trop gentille, n'osait pas vraiment le contrarier. Au fil des années, elle avait fini par ne plus se laisser faire mais elle avait gardé une rancune vivace de cette époque tumultueuse.

Elle avait du mal quelquefois à le supporter, lui qui était toujours le nez vissé au dessus d'un carnet de notes ou sur son écran, à s'efforcer d'inventer une autre histoire, il était un peu saoulant.

Malgré ça, elle aimait Alvin et elle avait peur qu'il finisse par se lasser de ce stratagème. Il n'y comprendrait rien et il y avait un risque qu'il ne lui pardonne jamais cette séparation qu'elle espérait temporaire. Elle était terrifiée à l'idée qu'il retrouve une autre femme, elle pensait qu'il n'aurait pas eu beaucoup de mal. Mais si c'était vraiment le bon, il se tiendrait sage, il essaierait de s'accrocher à cette liste pas très difficile, et viendrait bientôt la retrouver, dès qu'il aurait accompli son périple spirituel.

Elle avait tablé sur deux mois, mais elle avait l'espoir que ça prenne beaucoup moins de temps. Elle se disait ça pour se rassurer, tout en consultant ses réseaux. Elle ne pouvait pas s'empêcher de regarder frénétiquement son profil plusieurs fois par jour. Elle guettait son portable et ses mails tous les quarts d'heure.

Elle devait lui manquer car au bout d'une semaine, il lui avait écrit une bonne vingtaine de textos et deux mails longs d'une page chacun. Il avait tenté de l'appeler trente fois. Elle avait répondu une seule fois en se contentant de se montrer évasive dans ses réponses. Elle avait en gros énoncé : « attends quelques semaines, tu verras, tu comprendras après ».

Une semaine qu'elle était partie. Ce n'était rien. Ils avaient quand même cinq années de vie commune derrière eux, tout allait bien se passer.

Lors de cette première semaine, elle avait pris ses fonctions, fait connaissance avec ses nouveaux collègues, rencontré ses élèves ; ce métier elle le connaissait, elle n'aurait aucun problème à honorer ses engagements, du moins c'était ce dont elle s'était convaincue.

En revanche, pendant ses après-midi de libre, elle avait recommencé à ré-adopter un comportement énigmatique, une vieille habitude qui s'apparentait à une sorte de réflexe de drogué.

Elle entrait dans le plus de librairies qu'elle le pouvait puis achetait un ou plusieurs livres. Si elle ne trouvait pas celui qu'elle souhaitait, chose assez fréquente du fait du type précis de livre qu'elle recherchait, elle les commandait sur le net et se les faisait livrer.

Elle avait également entrepris des démarches afin de rapatrier un certain nombre d'affaires qu'elle avait entreposées dans un garde-meuble près de son ancien appartement.

Nous reviendrons sur ces deux points dans quelques paragraphes.

La liste que Linda avait laissée sur le petit meuble de la salle de bain ressemblait un peu à une brève liste de courses. « Pas génial, ça » avait considéré Alvin en la parcourant des yeux. Venant d'elle, il s'était attendu à un peu plus d'originalité. Un rébus, ou un genre de jeu de piste pour la retrouver, il aurait pu trouver ça marrant, moins flippant. Au lieu de ça, il était tombé sur :

Choses à faire quand je serai partie (respecte l'ordre, s'il te plaît, c'est important !)

* Aller voir tes parents
* Finir d'écrire ton bouquin à la con
* Aller voir ton ami Léandre

Bisous. Linda

Déjà, le ton "amical" qu'il avait cru déceler dans ses quelques mots l'avait fait considérer qu'elle n'allait pas partir pour très longtemps. Si ça se trouve, elle sera là dans un jour ou deux. Elle veut sans doute juste me tester. Singulière façon de procéder pour autant. Mais ça peut tout aussi bien être un piège. Peut-être est-ce autre chose ? Est-elle devenue folle ?

Ça lui semblait louche tout de même cette histoire de Léandre. Qu'est-ce qu'il venait faire là-dedans ce grand barbu ? C'était devenu un bon pote avec qui il refaisait le monde en buvant des verres de temps à autre mais c'était tout. Il avait essayé de le contacter au moins dix fois, il n'avait pas répondu. Ah, ça le mettait véritablement en rage de ne pas savoir où elle pouvait bien être et avec qui, et surtout pourquoi elle lui faisait endurer tout ça !

Les trois premiers jours, il s'était donc affairé à son bouquin à propos du travailleur et de son double, avec l'espoir de le terminer en vitesse. Et, comme nous l'avons constaté initialement, il avait échoué. Il n'avait pas souhaité *respecter l'ordre* qu'elle avait indiqué dans sa liste. Il se figura donc que c'était sans doute à cause de ça qu'il avait bâclé son texte. Ça devait être encore un de ces trucs psychologiques qu'elle avait déniché pour l'empêcher d'écrire. Linda avait dû faire marabouter cette liste. Une sorcellerie. Ça, au moins, ça aurait été inédit, il pensait en étudiant une nouvelle fois le bout de papier.

Aller voir tes parents. Elle le prenait pour qui ? Une marionnette qu'elle pouvait mener par le bout du nez ou bien ? Mais de quoi elle se mêlait ? Elle ne les aimait même pas, elle trouvait qu'ils étaient ploucs, eux et leur accent.

Il finit par se mettre en tête qu'elle était au courant d'un truc dont il n'était pas informé, ou qu'elle avait développé un don de clairvoyance.

Lors de son deuxième week-end de solitude, il avait donc décidé, un peu à contre cœur, d'aller rendre visite à ses parents. Il leur avait téléphoné le jeudi pour les prévenir de son arrivée.

Près de deux ans qu'il n'avait pas remis les pieds en Franche-Comté, la dernière fois c'était d'ailleurs avec sa chère et tendre. La campagne, la nature, toute cette verdure qui s'étendait sur un nombre démesuré d'hectares, il aimait bien, ça lui manquait parfois. Pourtant, ses parents, il aurait pu se passer de les revoir avant encore quelques mois, surtout qu'il les avait souvent en webcam ou au téléphone. Ils allaient encore le sermonner et discourir sur la valeur d'un *vrai* travail, enfin, il ne leur en tiendrait pas rigueur.

Non, ce qui le rebutait principalement à revenir plus souvent, c'était la mélancolie que lui inspirait sa région natale. Il avait certes une quantité non négligeable de bons souvenirs, mais dès qu'il y songeait, les mauvais venaient subitement plomber le tout, tels des requins avides de chair fraîche qui viendraient nager dans une piscine où il se prélasserait.

Dans le train qui le menait vers sa cité natale, sans vraiment le souhaiter, son passé lui revenait doucement en mémoire. Ses premières amours, ses soirées entre amis, les dimanches en famille. Mais les requins ne tardèrent pas à pointer le bout de leurs ailerons. Le sentiment d'exclusion, d'humiliation, les déceptions.

Déjà quand il était gosse il adorait les livres, il mangeait avec, dormait avec, passait ses récréations avec. Seulement, il lui arrivait parfois d'avoir envie de rejoindre les autres gamins pour faire un match de foot, alors ceux-là lui gueulaient : « Eh l'intello, barre toi ! Retourne dans ta bibliothèque ! » Il aurait pu prendre ça à la rigolade, mais lui il partait, la mine triste, les yeux embués de larmes.

Il avait alors haï les activités sportives durant de trop longues années. La compétition, pour lui, c'était juste pour ceux qui voulaient frimer, qui avaient des soucis à régler avec leur ego. Au fil du temps, il avait adopté un comportement anti-sportif : il se pointait en jean aux séances de sport collectif de son école ; quand il fallait faire du handball ou du basket, il instaurait ouvertement une grève du sport, grève dont il était le seul manifestant, etc.

Ça avait duré pratiquement jusqu'au lycée puis il était revenu sur sa décision, en grande partie à cause des femmes (qui dans leur majorité) avaient l'air de préférer les hommes à l'allure sportive. Néanmoins, il ne s'était mis qu'à pratiquer des sports individuels, comme la piscine ou la musculation, et à petite dose.

Il se représentait les filles de son collège, de son lycée, et même celles de ses premières années de fac ; elles semblaient jouir d'un malin plaisir à se foutre de lui. Il faut dire qu'il n'avait jamais su s'y prendre, lui-même l'avouait à qui voulait l'entendre.

Trop gentil, trop timide. Si bien que la plupart des jeunes femmes dont il tombait amoureux se moquaient inévitablement de lui. Et puis il n'avait jamais eu aucune envie d'employer des techniques de drague ou de séduction. Un de ses amis de lycée lui avait révélé un jour sa méthode -simplissime- :

« Mais c'est facile, mec, avec les femmes, plus tu les prends pour des connes et plus elles t'aimeront bien, avec moi ça marche à tous les coups. Ou alors tu fais des blagues, les gars marrants elles aiment bien ! ». Cet ami avait un physique d'athlète, une bonne gueule, ça aidait sûrement.

Car Alvin, lui, il avait vaguement essayé de devenir un peu plus méchant, ce fut un échec cuisant. C'était même pire qu'avant. Et lorsqu'il essayait d'être drôle, il l'était pour de mauvaises raisons, il bégayait, s'embrouillait, ne se rappelait jamais de la chute. Les filles riaient uniquement de lui ! Il regrettait de ne pas avoir fait assez de sport, il se lamentait : « c'est parce que je ne suis pas assez musclé qu'elles sont comme ça ». Sinon, il trouvait d'autres excuses : « Je ne suis pas assez ceci, pas assez cela ! »

Une fois, il y avait eu cette femme dont il était fou amoureux pendant ses premières années d'université. Il surprit un jour une de ses conversations et crut qu'elle causait de lui, il se figura que l'Amour allait pour une fois lui ouvrir ses portes et l'accueillir en son sein… finalement non, elle parlait d'un de ses camarades de classe qui avait le même prénom !

Amoureusement parlant, il était une catastrophe.
Il s'était alors longtemps contenté de brèves relations clairsemées, sans que l'amour qu'il éprouvait parfois pour une conquête ne fut jamais réciproque. Non,

avant qu'il ne rencontre Linda, il n'avait pas eu énormément de chance avec les femmes.

Il s'assoupit quelques instants, puis apparut justement dans le noir de sa conscience le visage lumineux de Linda. Souriant, bienveillant.

C'était elle, belle comme un soleil, c'était sa Frida, comme dans la chanson de Brel. Sa silhouette l'attendait avec ferveur sur le quai, déguisée en pompom girl, en tenant une pancarte sur laquelle était inscrite : ALVIN MON AMOUR ! Mais la minute d'après, alors qu'il descendait du wagon, sans qu'il ne sache pourquoi, le visage de sa bien-aimée prit soudain une apparence maléfique, son regard une allure méprisante, son sourire se transforma en rictus sournois, ses paroles le couvraient de mots méchants, d'insultes condescendantes. Elle retourna la pancarte et il lisait à présent : ALVIN A UN ORGANE MICROSCOPIQUE ! La voix douce et féminine de la SNCF, clamait haut et fort dans les haut-parleurs dédiés aux informations pour les voyageurs : « Mesdames et Messieurs, votre attention s'il vous plaît, Alvin, descendant du véhicule en provenance de Paris et possesseur d'un organe sexuel microscopique, est prié de se présenter au guichet le plus proche, je répète... » Linda, démoniaque, s'approcha et poussa le pauvre bougre qui tomba sans allégresse sur les rails à l'instant où l'engin ferroviaire redémarrait.

A la seconde où il allait être percuté, il ouvrit les yeux en marmonnant : « Alors c'était ça le motif ? »

Il avait sa main droite enfouie dans la poche de son jean, et son cerveau, encore submergé par cette vision horrible, lui fit signe que ce n'était qu'un rêve.

Il arriva à la gare cinq minutes plus tard, vers 11 heures. Il prit ensuite un bus pour la commune dans laquelle résidaient ses parents. Il eut du mal à se l'avouer, mais ça lui fit bizarre de les revoir en chair et en os. Les gens ont tendance à être différents sur un écran, on ne voit pas tous les détails.

Sa sœur, Elodie, elle était là, elle aussi. Ils n'avaient qu'un an d'écart. Il ne s'entendait plus trop avec elle. Ça datait de depuis le lycée. Quand ils étaient plus jeunes, elle ne faisait que le vanner parce qu'il n'avait pas de copine. Une discussion qui remontait à il y a une quinzaine d'années se reconstitua dans son esprit :

« Eh, tapette, faudrait penser à te trouver une gonzesse », elle l'invectivait régulièrement comme ça, c'était son truc, elle aimait bien l'insulter gentiment, elle était du genre virile. Ce coup-ci, ça l'avait fait réagir, il l'avait mal pris, il avait rétorqué quelque chose comme : « tais-toi, pauvre fille va, au lycée ils disent que tu couches avec tous les gars que tu croises, et tu crois que t'es bien toi ? », elle avait bougonné un peu vexée : « va te faire foutre, moi au moins je finirai pas toute seule ! »

Elle avait peut-être eu raison. A présent, Elodie avait réussi dans la vie. Elle gérait sa propre entreprise d'auto-école, elle ne se faisait aucun souci pour l'avenir ; la littérature, ses bouquins, elle ne s'y intéressait pas vraiment, elle était au-dessus de ça. Elle paraissait heureuse. Elle avait un mari, deux beaux enfants, de l'argent, une jolie maison neuve. Il s'était rendu compte en la revoyant ce jour là qu'il était un peu envieux.

La journée se passa sans accroc, tout le monde était gentil avec lui, déjà qu'il ne venait pas souvent, l'inverse aurait pu être insolite.
Sa mère lui avait cependant demandé suspicieusement « Et Linda, elle n'a pas voulu venir ?

– Moi qui me faisais une joie à l'idée de la revoir, avait enchéri son père, en grimaçant une mine vicieuse (pour énerver la mère).

– Je l'aime beaucoup ta copine, avait surenchéri sa sœur, d'une façon non simulée.

– Elle est trop sympa, avait augmenté avec audace un des deux gamins d'Elodie.

– C'est une superbe femme » avait ajouté innocemment le mari d'Elodie (cette dernière, qui trouva cette remarque déplacée et non avenue, mit un terme à cette vente aux enchères Lindéennes en le houspillant).

Alvin ne s'était pas aventuré à leur avouer que cette jeune femme dédaigneusement anti-accent avait plus ou moins disparu sans laisser d'adresse, il avait préféré dire qu'elle avait du travail en retard.
Un cousin et deux amis d'enfance étaient passés le voir en soirée. Ils avaient bu, fait un peu les cons,

joué à des jeux de société et des jeux vidéo comme quand ils étaient ados, ça lui avait changé les idées.

Il resta dormir le samedi soir puis repartit dans l'après-midi du dimanche, non sans émotion. Ça l'avait quand même mis en joie de les revoir, de savoir que toute la famille se portait à merveille.

Et puis, à son humble avis, c'était surtout une chose en moins à faire sur la liste de Linda. Même s'il n'était qu'à demi-convaincu que cette liste puisse réellement posséder des pouvoirs magiques.

A peine rentré, il était déjà de nouveau devant son écran d'ordinateur. Mais ce dernier ne voulut pas s'initialiser ! Il allait devoir encore perdre un temps précieux avec un réparateur, comme s'il avait besoin de ça. Il se sentait tout à fait inspiré, il pensait tenir un bon truc. Il allait devoir utiliser la bonne vieille méthode du stylo et du papier. A l'ancienne.

Les écrivains, de nos jours, sont vraiment dépendants de la technologie ! Mais à quel point sont-ils privilégiés comparés aux auteurs qui tapaient leurs milliers de mots sur leur machine à écrire ? Et ceux qui cultivaient l'art de la plume et de l'encre ? C'est ce que se demandait Alvin, dérouté, en s'ingéniant à trouver une raison à cette panne.

Ça faisait une dizaine de jours que sa belle s'était fait la malle. Elle lui manquait terriblement. Il tenta à nouveau de l'appeler, ainsi que Léandre. Pas de réponse.

C'était presque la fin du mois de septembre et l'automne n'avait pas tardé à se faufiler, en chuchotant des journées moins longues, en sifflotant des soirées plus fraîches. Le plan (si c'en était un) fonctionnait sans vraiment fonctionner : Alvin lui écrivait toujours de nombreux messages, mais beaucoup moins que lors des premiers jours. Linda, elle, s'arrangeait toujours pour demeurer mystérieuse et distante dans ses paroles.

Chaque jour, elle se demandait néanmoins si elle n'avait pas fait une erreur de partir comme ça, sans rien expliquer à Alvin. Ça lui semblait de plus en plus absurde.

Ce soir-là, elle avait invité sa mère à dîner. Cette dernière était une petite femme de cinquante-quatre ans mesurant environ un mètre soixante-cinq, blonde, comme sa fille, malgré quelques cheveux blancs apparents ici et là. Elle gardait toujours un petit sourire mutin au coin des lèvres, comme si absolument tout la rendait heureuse. A la fin du repas, Linda, soucieuse, annonça à sa mère :
« Maman, je crois que j'ai un problème. Je ne sais pas trop comment te dire ça.

– Tu peux tout me dire ma chérie. Tu penses que c'était une mauvaise idée de venir ici ? Tu sais, il n'est jamais trop tard pour faire machine arrière.

– Non, enfin, si, mais en fait, euh… il n'y a pas que ça répondit la fille, visiblement toute gênée. En fait, j'ai… euh je… Tiens, va jeter un œil dans la pièce qui était supposée me servir de débarras s'il te plaît, c'est la deuxième porte à gauche à l'étage. »

Lorsque la mère entrouvrit la porte, elle eut du mal à en croire ses yeux. Il y avait un paquet de livres là-dedans. Une montagne de livres. Le camion de déménageurs en avait apporté deux palettes bien garnies. La mère mit quelques minutes pour deviner. Il étaient tous du même auteur : Alvin.

« Chérie ! Linda ! Han ! Il y en a combien ?
 – Je dirais, euh… je n'ai pas compté en fait, je dirais environ 5 000… un peu plus »
La mère poussa un nouveau soupir d'étonnement puis lança, médusée :
« T'es grave hein ! Han ! Enfin je veux dire c'est pas si grave. C'est une belle preuve d'amour, quoique, je sais pas trop si on peut appeler ça de l'amour. Je comprends pas, il te manque alors tu achètes des tonnes de ses livres ? interrogea la menue maman ostensiblement troublée.
– Oui il y a un peu de ça, fit Linda qui parut tout à coup perdue, mal à l'aise. En fait c'est une sale habitude que j'ai prise, mais depuis longtemps. Au tout début, quand je l'ai rencontré, j'en achetais un ou deux par mois. Je voyais que ça lui faisait plaisir quand il s'apercevait que quelqu'un avait acheté un de ses romans, il avait l'air tellement comblé.

Pendant plusieurs jours, il était radieux, et remotivé pour se remettre à son travail. Je pensais aussi que les gens sont bêtes parfois, tu sais, lorsqu'ils voient que telle chose se vend beaucoup, ils veulent eux aussi l'acheter. Je m'étais dit que ça l'aiderait à booster ses ventes. Bon, pas sûr que ça ait marché ça. Enfin si, à moi toute seule je les aurai boostées. Et pis, voilà, je me suis mis à en acheter un ou deux par semaine, puis assez rapidement c'était un tous les deux jours. Et depuis que je suis ici, j'en achète plusieurs chaque jour, comme si j'étais une junkie. Tu crois que je suis toquée ? C'est grave non ?

– Ecoute, si tu penses que tu as un problème, il faut que tu ailles voir un docteur, il n'y a pas de honte à avoir. C'est surtout que ça a dû te coûter une sacrée fortune, tous ces bouquins… Han !

– Non même pas, à force j'avais des réducs, ou deux pour le prix d'un. Bon c'est sûr, il y en a bien pour deux ou trois milliers d'euros, dans ces eaux-là. C'est pas le prix le problème. Le problème, c'est que je n'aime même pas ce qu'il écrit ! Je lui ai déjà dit d'ailleurs quelques fois, mais il s'en fout, tu sais comme il est… elle avait dit ça, plus détendue, en riant à moitié.

– Oh ça c'est sûr que c'est pas génial. Han ! Je ne comprends jamais rien à ce qu'il écrit. Dire que certains en font tout un plat. Dire que t'aurais pu te mettre avec le petit Antoine, tu sais celui qui était dans ta classe à l'école. Vous avez le même âge je crois. Il a fini médecin, je te l'avais déjà dit, non ? Ah, le petit Antoine, tu te souviens ?

C'était un bon parti… Non, toi il a fallu que tu te mettes avec cet écrivain de science-friction.

– C'est science-fiction, Maman. Bon… On va pas s'engueuler. Je l'aime comme il est, c'est comme ça. Dis-moi juste si tu crois que je suis devenue folle ou pas ?

– Bah, folle, non, c'est un bien grand mot. Un petit mot mais un grand mot, tu m'as comprise, quoi. J'en connais qui vivent dans la plus grande normalité toute leur vie et un beau jour ils s'aperçoivent que cette norme était insensée.

– Je ne te connaissais pas aussi philosophe, Maman.

– Non, mais ce que je veux dire ma fille, c'est que tu n'es pas folle, enfin, disons que je vois pas trop où tout ça va te mener. Tu sais ce qu'on peut faire demain pour se divertir, ma puce ? J'ai repéré une jolie paire d'escarpins. Je suis sûre qu'ils t'iraient à ravir, on pourra aller les voir si tu veux. Et, dis au fait, tu as des nouvelles de lui au moins ? »

Voilà un mois tout rond qu'elle était partie.
Alvin n'arrivait à rien avec son roman.
La panne de son ordinateur avait vite été réparée. Dans la précipitation, il avait juste omis de replacer la multiprise en position allumée. Il avait envoyé un mail d'amour de plus de deux pages à Linda. Mais concernant son roman ultime, tout ce qu'il gribouillait depuis sur son logiciel, soit il le supprimait directement, soit il modifiait la moitié des phrases écrites la veille, et puis une fois cette opération effectuée, il appuyait sans relâche sur la touche symbolisée par la flèche « retour arrière ». Il écrivait, il modifiait, il effaçait et bis repetita.

Il s'était un peu laissé aller : il s'était mis à boire beaucoup plus qu'avant, et surtout à re-fumer tous les jours. La clope, il avait pourtant réussi à arrêter depuis trois ans ; à force elles avaient toutes le même sale goût ces satanées tiges.

A l'époque, Linda avait d'ailleurs trouvé une technique imparable pour le calmer ; dès qu'il s'en grillait une et qu'elle rôdait dans les parages, elle l'applaudissait en haussant des sourcils : « T'as pas assez tété ta manman, et t'as trouvé un substitut… Bravo ! ». Lui, il répliquait : « T'as raison Freud ! » Mais ça avait fonctionné, elle avait gagné, il avait été dégoûté. Elle avait dû entendre ça dans un de ses cours de psycho-sociologie.

Il avait repris le week-end du départ de cette jeune femme résolument anti-tabac. Non, ce n'était pas sur la liste ça. Il s'en voulait un peu, mais c'était un moyen de remplir le vide.

Il devait certainement devenir un brin névrosé, à attendre ainsi l'inspiration divine. Il ne voulait même plus écrire. Il voulait que ce soit comme si quelqu'un d'autre ou plutôt non, *quelque chose* d'autre, une puissance supérieure, se mette à pianoter sur le clavier à sa place. En même temps, il se doutait bien que ça n'arriverait jamais. C'est pourquoi chaque jour, du matin au soir, même s'il n'en avait pas envie, il s'asseyait machinalement devant son écran, en escomptant l'irruption d'une sorte d'illumination, qui se terrait, tapie dans l'ombre, puis il se forçait à taper une dizaine de phrases qui, rappelons-le, se voyaient pour la plupart inexorablement modifiées puis supprimées.

Un beau soir, il ne sut pas s'expliquer si c'était parce qu'il était un peu éméché ou s'il était victime d'une hallucination, il se mit à entendre distinctement une voix lui parler dans sa tête : « Nous pouvons vous aider à l'écrire, votre livre ». Il n'aurait pu affirmer si c'était une femme ou un homme qui causait. Une voix asexuée. Peut-être était-ce sa propre voix ? Peut-être qu'à force de flirter avec la folie, il allait passer au stade supérieur ?

Octobre arriva à pas de loup, il engloutit Septembre sans faire aucun bruit. En se réveillant, Alvin guetta par la fenêtre, le ciel était gris, à l'image de son esprit. Son *livre à la con*, d'après lui, il n'en avait toujours pas écrit une seule ligne digne d'être lue par quiconque.

Mais ce jour-là il s'occupa à écrire comme il ne l'avait jamais fait. De 9 heures du matin à 19 heures du soir, non stop, sans même prendre une minute pour s'alimenter. Une cinquantaine de pages complètement hallucinées. Il n'avait rien composé de tel auparavant : c'était un drôle de texte bien plus incompréhensible, bien plus insensé que toutes ses œuvres réunies. Il aligna des mots les uns après les autres sans que les phrases qui se formaient ne disent quoi que ce soit de particulier. Il n'y avait aucune histoire, aucun personnage central.

C'était de l'abstrait, du style : « Les astres bleutés se meuvent par temps de pluie dans les abysses lointaines des galaxies et les humains se désolent de n'être que des êtres désincarnés ; les dieux, eux, rient avec un certain dépit du commerce terrestre et pleurent ensuite devant tant de désolation. » Il y avait au fur et à mesure des variations qui s'opéraient avec une solennité en apparence non feinte : « La désolation des astres bleutés faisait pleuvoir les abysses des galaxies lointaines tandis que les hommes riaient des dieux désincarnés qui se mouvaient en pleurant sur le commerce terrestre. »

En se relisant, il émit l'opinion suivante : c'est presque beau.

On aurait pu croire en effet à de la poésie surréaliste. Mais lui, il n'avait jamais pu blairer la poésie ! Tous ces poètes avec leurs airs supérieurs qui frimaient parce qu'ils avaient écrit deux ou trois vers originaux. A son humble avis, n'importe qui ou presque pouvait se targuer d'être un grand poète, et lui à aucun moment n'avait eu la moindre ambition d'en devenir un. Le lendemain, il se rendit compte que, d'une manière pratiquement inconsciente, il avait produit une centaine de pages du même calibre.

Il avait eu la sensation d'avoir réécrit en quelque sorte « L'homme approximatif » de Tzara. Jamais il n'avait apprécié cette œuvre sibylline et pourtant un truc dans ce genre se retrouvait là, sous ses yeux, un truc dans ce genre qu'il avait lui-même rédigé.

    Peut-être que finalement, la voix qu'il avait entendue dans sa tête l'autre soir lui avait dicté silencieusement ces phrases, peut-être qu'elle l'avait possédé, qu'elle avait vraiment eu une influence sur sa façon de créer. Il en était persuadé, c'était elle qui avait écrit ce pavé surréaliste. D'un côte, son vœu avait été exaucé, une « puissance supérieure » l'avait habité.

En revanche, elle l'avait mal conseillé, parce que non, ce n'était pas ça qu'il voulait, qu'il devait écrire. Il le ressentait au fond de lui-même : tout ce galimatias n'était qu'une farce de cette voix insidieuse, ou bien une plaisanterie de son propre esprit en déroute. Il supprima le fichier tout en s'insultant dans un accès de délire.

Il écrivit un autre mail d'amour à Linda. Puis, comme tous les soirs avant d'aller se coucher, il alla vérifier s'il avait bien retiré la clé de la serrure, au cas où son amour ne se décide à rentrer à l'improviste.

Cette nuit-là, dans son lit Alvin n'arriva pas à rencontrer le sommeil.
Et, vers 2 heures du matin, il commença à entendre du bruit venant de l'appartement du dessus. « Hmm, hin » « Hmm, Oui ». C'était des gémissements étouffés, des gémissements féminins ! Il y en a qui prennent du plaisir là-haut, envisagea posément Alvin. Sans beaucoup de pudeur il continua à écouter, concupiscent, un peu malgré lui cependant. L'isolation phonique de ces vieux murs devait être à revoir. Il ne s'en était curieusement jamais aperçu quand Linda était avec lui. Il y avait du mouvement, deux corps s'entrechoquaient en un rythme répétitif et soutenu. Linda lui manquait. Il cogna des deux poings sur son oreiller, avec fureur, mais l'agitation du dessus ne semblait pas vouloir s'arrêter.

Qui sait, médita Alvin, si ça se trouve, c'est ma Linda, elle est allée chez le voisin du dessus depuis le début, cette garce m'aura joué un sale tour ! Linda et Léandre. Si ça se trouve, ils auront emménagé dans l'appartement du quatrième. Ce sont eux que j'entends en ce moment même. En plus de ça ils sont bien capables de m'espionner par je ne sais quel moyen, tout ça pour se foutre de moi. Ça doit être ça, ouais ! Ah, je la déteste. Mais non, qu'est-ce que je

raconte… Mais si, elle peut bien être n'importe où. Non elle m'avait dit en partant qu'elle n'avait pas d'autre homme. Elle m'avait bien dit de ne pas m'imaginer ça, et moi je le fais. Les hommes sont parfois crétins, on leur dit de ne pas faire une chose et ils s'empressent de la faire.
Alors quoi, avec une autre femme ? (Il n'alla pas jusqu'à fantasmer mais imaginer sa dulcinée en compagnie d'une autre femme ne lui parut soudain pas désagréable.) Allez, j'irai sonner à la porte de ce voisin demain matin pour voir ce qu'il en est.

Notre héros introduisit des boules Quiès et ferma les yeux en ne pensant plus à rien, se concentrant uniquement sur la certitude qu'il était un vrai écrivain. Somnolent, il observait des lettres noirâtres, gigantesques et impériales, se ranger en ordre sur les pages vierges que son imagination engendrait.
Il n'en doutait pas, il finirait par y arriver.

C'était le milieu du mois d'octobre. Un mois et demi que Linda avait pris du recul, selon ses propres termes. Ses journées étaient toutes semblables les unes aux autres : travailler le matin et aller voir sa mère de temps à autre dans l'après-midi ou le week-end. A part ça, elle ne faisait quasiment pas de sortie.

La week-end dernier elle était allée rendre visite à Marina, une amie d'enfance, désormais mère au foyer divorcée. « Mauvaise idée ton plan je trouve, c'est juste que tu le laisses en plan et… c'est tout en fait ? » avait fait remarquer cette bonne amie très perspicace, lorsque Linda lui avait tout expliqué.

C'est vrai que sa démarche lui apparaissait encore un peu plus dénuée de sens, ça tout comme ses achats de livres d'Alvin. A ce sujet, il était toujours difficile pour elle de refréner ses pulsions. Même si elle songeait à se calmer, parce qu'il n'y avait bientôt plus de place dans cette pièce oblongue de 5 m² , là où elle stockait sa "montagne".

Elle tournait en rond, elle et ses cogitations, surtout quand venait la nuit et qu'elle se retrouvait seule dans sa petite bicoque, qui était déjà bien trop grande pour elle toute seule. Cette nuit là, le vent souffla fortement. Déchaîné, il hurlait et Linda avait la sensation qu'il la huait. Comme si elle était un arbitre qui avait sifflé un penalty fictif. Des bourrasques interminables faisaient trembler les volets en PVC. Elle resta éveillée des heures entières à ruminer et ressasser des millions de pensées :

Je suis stupide, la reine des connes. Je n'avais pas besoin de partir, c'était une belle connerie. Il en a rien à faire de moi, en plus. Ma liste, il l'aura déchirée en mille morceaux. Y'en a que pour lui et ses bouquins. Il va s'en trouver une autre. Si ça se trouve ce soir il est en train de s'envoyer en l'air.

Elle se le représentait en action avec une de leurs amies qu'ils avaient en commun.
Peut-être est-ce avec Julia, mon ancienne collègue. Elle est bien foutue cette petite brune, cette bécasse avec son air de ne pas y toucher. Toujours à poster des photos d'elle qui mettaient en valeur ses formes sur les pages de ses réseaux. Elle n'était pas mariée, n'avait pas de copain fixe, elle préférait papillonner.

L'insomniaque devenait peu à peu, à son corps défendant, réalisatrice d'un film salace :
Je l'imagine bien arriver comme ça en fin de journée, sonner à l'interphone :
« Bonsoir Alvin, c'est Julia, je venais te voir pour te parler de Linda.
– Ah, entre Julia, content que tu sois là. »
Elle la voyait très bien prendre l'ascenseur, faire son entrée dans leur appart', habillée en tenue sexy. Il me semble bien qu'un jour cette greluche m'avait dit qu'elle trouvait mon mec beau gosse. Ouais voilà, ça doit être ça, Alvin ouvre la porte, il est triste, il est en

manque le pauvre. Il examine cette cruche sulfureuse avec son décolleté et sa poitrine avantageuse, sa jupe courte, ses collants, ses talons. Elle n'a même pas besoin de l'aguicher bien longtemps, juste quelques minutes. Elle se baisse pour ramasser son portefeuille qu'elle a exprès fait tomber. Il a une pulsion. La tentation est trop belle. Il se dit que je l'ai trahi. Et hop, ils commencent ardemment à se... Non, impossible ! Et même, si c'était ça, tout est de ma faute, je n'avais qu'à pas disparaître !

Elle se faisait du mal toute seule puis se reprenait : non, quand même, il n'est pas comme ça mon homme. Alvin / Linda, ça se ressemble un peu, presque une anagramme, et cinq lettres tous les deux !

Et il est Taureau et moi Gémeaux, ça veut quand même bien dire ce que ça veut dire. Mon thème astral est lié au sien. Je dois lui manquer, il est comme moi, j'en suis sûr. Ça marche toujours les couples comme le nôtre. Il doit sûrement être à la phase deux. En train d'écrire sagement son livre. J'espère qu'il y arrive, qu'il a bientôt fini. J'espère qu'il ne m'en veut pas trop. Il me remerciera de l'avoir laissé seul pour créer. Il m'écrit moins, c'est bizarre, c'est pour ça, je perds la boule. J'aurais jamais dû le quitter comme ça, mais qu'est-ce qui m'a pris ? Je vais l'appeler demain matin, après tout, je lui dois bien ça.

Elle se laissa entraîner difficilement dans le sommeil, hantée par ses pensées alvinesques contradictoires.

L'enquête de voisinage n'avait rien donné. Alvin s'était rendu à 9 heures pile, d'un pas déterminé, sonner à la porte de l'appartement du dessus. La dame un peu forte, dans la cinquantaine, qui lui avait ouvert en bougonnant, avait débité fermement : « Non, y'a pas de Linda ici monsieur ». Par acquis de conscience il avait timidement questionné : « Et Léandre il est là ? » « Y'a ni Linda, ni Léandre, y'a personne avec un prénom qui commence par L qu'habite ici ! » après quoi elle avait claqué la porte, déçue sans doute de ne pas avoir eu en face d'elle un quelconque démarcheur sur lequel elle aurait pu passer ses nerfs plus longuement. C'était du moins ce qu'il avait pensé en redescendant chez lui, la tête basse, embarrassé.

En revenant, il consulta sa boîte vocale : « Coucou c'est Linda. J'espère que tu vas bien et que ton livre avance. Tu es allé voir tes parents ? Je pense que tu me manques. Je t'embrasse fort. » Elle avait enfin daigné l'appeler sans qu'il ne fasse le premier pas ! Mais comme un idiot son portable était resté en mode silencieux et la pauvre avait été obligée de parler au répondeur. Ça lui apporta un peu de baume au cœur d'entendre sa voix. Il chercha à la joindre mais aucune tonalité ne parvint à ses oreilles, il tomba comme la plupart du temps directement sur la messagerie. Il n'y avait pas trente-six mille solutions, soit elle se foutait de lui et filtrait ses appels, soit elle travaillait.

Alvin reposa le portable, en ayant raccroché avant le bip sonore, ne sachant tout simplement pas quoi lui dire. Non ça n'avançait pas d'une miette. Il n'avait rien écrit du tout.

Il songea brièvement à reprendre son histoire de travailleur dans le futur... oui, il en était où déjà ? Le double deviendrait dément parce que la sécurité n'avait pas été correctement enclenchée, il assassinerait J. puis le directeur dans la foulée. Ensuite Mainoird reprendrait les commandes de la centrale, c'est lui qui aurait tout manigancé, épaulé par son... et, non, ah, ça ne l'inspirait pas plus que ça.

Notons que depuis un mois et demi, il avait peu à peu fui les relations sociales. Il s'était rendu compte que les quelques amis qu'il avait n'étaient que des relations pour faire la bringue, ou alors des amis qu'il n'avait plus envie de fréquenter, et puis certains habitaient loin d'ici. Il n'allait pas vraiment bien mais il n'était pas non plus dans l'abattement le plus total. Il fallait juste qu'il parvienne à terminer l'écriture de son livre. Mais pour écrire quoi, et comment ? Il portait désormais en lui ce défaut d'exigence excessive. Il voulait que chaque mot soit distillé avec le plus grand savoir-faire. Le moindre adverbe, le plus insignifiant des adjectifs, la virgule la plus délicate qui soit, tous ces éléments pouvaient avoir leur influence dans une phrase. Et à trop chercher la perfection, on finit généralement par se retrouver recroquevillé à se morfondre de l'inachèvement permanent de la condition d'être humain, tel Alvin à cet instant, allongé en position fœtale sous sa couette depuis qu'il était rentré de son escapade à l'étage du dessus. Il était 9h12.

S'il repensait à cette fameuse nuit durant laquelle il avait entendu la voix, et cette pseudo-poésie qu'il avait écrite pour ainsi dire d'une seule traite, il se disait que, potentiellement, il commençait quand même par virer un peu barge. Plus il réfléchissait et plus il en était sûr, il n'allait pas tarder à devenir comme un de ses propres héros de romans. Il n'était peut-être déjà rien d'autre que le fruit d'une vulgaire illusion. Il présuma : sans doute que Linda n'a jamais existé, je me la suis inventée. Continuant dans ce sens là, le message que je viens d'écouter était sûrement une autre fantaisie farfelue de mon âme en péril. Elle ne reviendra pas puisqu'elle n'est pas réelle. Plus de cinq années d'amour et de vie sous le même toit qui n'ont jamais eu lieu. Si ça se trouve tout ceci n'est qu'un vaste canular qui dure depuis des années !
Oui, sans que je ne sois au courant, je fais partie d'une émission télé-réalité et *ils* épient mes réactions. A mon insu, une armée de psychologues est en train de noter mes comportements, tous mes faits et gestes, d'un moment à l'autre ils viendront tambouriner à ma porte pour venir m'annoncer que, selon leur grille d'évaluation, je suis bel et bien fou à lier.

Il est vrai que les gens normaux ne font sans doute pas ce que faisait Alvin au cours de cette période. Par exemple, il lui arrivait de parler, à voix haute, à son ordinateur comme si ce dernier était un animal de compagnie. Effectivement, cet objet était devenu son meilleur ami, voire même un confident. Notre héros n'arriva malheureusement pas à le dresser pour qu'il écrive tout seul. Alors il frappait dessus, plusieurs heures chaque jour, sur le clavier qui commençait à fatiguer. Mais les mots qui se dessinaient devant ses yeux n'étaient jamais les bons.

Il savait pourtant très bien ce qu'il lui restait à faire : il devait lui-même devenir un personnage, il se rappelait que ça lui était arrivé auparavant, pour créer le Capitaine Edens. Il fallait qu'il raisonne comme son personnage raisonnerait, s'incruster dans le texte et incarner le protagoniste. Pour cela, il devait déjà trouver un personnage. Une idée ? Rien ne venait. Et même s'il l'avait cette idée, il fallait arriver à la mettre en place. Entre l'idée et sa concrétisation, il y a parfois des années-lumière.

Si seulement il existait un logiciel qui serait capable d'écrire mes pensées lorsqu'elles se mettent en action. J'installerais les capteurs électroniques au niveau de mon cortex frontal et relierais les fils à mon ordinateur qui décoderait à brûle-pourpoint les soubresauts de ma conscience, alors tout irait pour le mieux. Mon livre, il s'écrirait tout seul. Sans les mains !

Il était bien dans ses délires depuis deux bonnes heures et le temps tournait à vitesse grand V, il fallait qu'il trouve un moyen d'avancer.
Alvin se stimula donc ainsi : je vais faire un somme jusqu'à midi, j'y verrai plus clair après.

L'après-midi, il se motiva à sortir. C'était le jour des courses aujourd'hui. Il se munit de deux énormes sacs en plastique rigide. Il avait pris l'habitude de ne sortir qu'une seule fois par semaine, juste pour remplir le frigo. Déjà bien suffisant. De temps à autre, il optait pour la livraison à domicile, ça l'arrangeait, en contrepartie c'était tout de même bigrement plus cher. Ses finances ne se portaient tout de même pas si mal. Il avait cru que sans Linda, il aurait été obligé de se serrer la ceinture : c'était principalement elle qui ramenait l'argent du ménage. Mais non bizarrement, à ce niveau là tout allait bien. L'assistant de son éditeur l'avait même contacté la veille pour le féliciter et lui annoncer que ses anciens livres se vendaient toujours. Très étrange, estima-t-il, c'est peut-être que mes bouquins sont vraiment bons.

Il croisa la concierge qui le salua et lui sourit. Mais il lut dans son regard quelque chose d'antipathique comme : « y pourrait pas trouver un vrai travail celui-là », il avait l'impression qu'elle le connaissait et le jugeait ; cela dit, à part de vue, il n'aurait même pas pu affirmer si elle savait qui il était. Depuis qu'il avait vécu son modeste succès, il s'imaginait quelques fois que toutes les personnes le reconnaissaient dans la rue ; il avait juste sa tête en photo sur les couvertures de deux livres et se croyait dorénavant une célébrité nationale. C'était aussi pour cela qu'il sortait moins, certains jours il avait parfois la vague impression que les gens au dehors avaient quelque chose à lui reprocher, il se sentait presque coupable de marcher dans la rue. D'autres jours au contraire, il avait la sensation d'être aimé par tous ceux et toutes celles qui croisaient sa route, et lui comme un bon samaritain les aimait en retour.

Il était tiraillé entre sa misanthropie et sa philanthropie, entre sa sociabilité et son repli sur soi, entre sa paranoïa et sa normalité, entre son optimisme et son pessimisme, concernant -en parallèle- et lui-même, et le genre humain dans sa globalité.

Il passa par cet humble parc, appelé *Le Jardin Chinois,* qui jouxtait la cour de son immeuble. Il y avait là un ruisseau pittoresque cavalant fièrement sous le ponton en bois qui faisait la liaison avec le parking. Une poignée d'arbres, ainsi que des massifs de fleurs artificielles protégées par des rochers sculptés, donnaient une touche rurale à toute cette urbanité ambiante et parfois pesante.

C'était un square attrayant comme il en existait sans doute partout dans toutes les villes du globe. Il aimait bien le traverser pour rejoindre le magasin qui se situait à quelques rues de chez lui.

Dans ce parc, il y avait souvent un vieillard assis sur un banc. Avec sa grande barbe blanche, les enfants qui passaient par là avaient eu vite fait de le prendre pour le Père-Noël, c'est comme cela d'ailleurs qu'ils le surnommaient. Les adultes, eux, le prenaient pour un mendiant. Il n'était ni l'un ni l'autre. C'était Giovanni, un homme de quatre-vingts ans, entre guillemets normal. Il était veuf depuis quelques années et il venait ici pour s'oxygéner, lire un livre, rencontrer du monde.

Quand il tombait sur Alvin, il discutait volontiers avec lui, de choses et d'autres, de la vie, du cinéma, de la littérature. Le vieux ne se rappelait en revanche jamais des prénoms. Il avait quelques pertes de mémoires intempestives concernant exclusivement la dénomination des gens, chose qui pouvait laisser penser à son interlocuteur qu'il était ivre. Il était fidèle à son poste ce jour là, malgré la fraîcheur automnale, quoique toute relative.

« Holà, fit-il en souriant. Alpine !
– Non, Giovanni, c'est Alvin.
– Ah oui, Calvin. Pardon. Alors comment va ? Il avance ton nouveau livre ?
– A reculons, blagua l'écrivain.
– Eh bien alors, t'es en panne d'inspiration ? Tu veux de l'aide ? lui suggéra poliment le vieillard.
– C'est gentil, mais j'ai déjà une voix dans ma tête qui m'en a proposée. Ça n'a pas marché ! rechigna Alvin.
– Hein ? Quoi ? Une voix dans ta tête ? Dis-moi, t'es sûr que tout va bien ? s'affola Giovanni en tirant sur sa barbe.

– Pas si mal. Disons que ma compagne est partie je ne sais où. Elle me fait un peu perdre les pédales en ce moment.
– D'où cette voix tu crois ? Ne t'inquiète pas, t'es encore jeune Aliving. Tu en retrouveras une autre si jamais celle-là revient pas.
– Une autre… Non, impossible… C'est elle qu'il me faut, c'est la seule étoile du ciel ténébreux de mon mental !
– Honorable discours. A mon avis elle reviendra. T'es un gars bien, Ballerine ! »
Alvin s'égaya, l'autre devait le faire exprès. Ce n'était pas possible autrement. Il s'éloigna en le saluant de la main.
« Eh, Aladine, euh non, comment c'est déjà ? Jeune homme, lui beugla le vieux, de loin. Écoute-la un peu plus attentivement cette voix. Peut-être que c'est le pape ou mieux, Dieu lui-même ! Mais avant tout, prête l'oreille à ta propre voix intérieure ! »

Alvin acquiesça de la tête tout en essayant de rester rationnel : cette voix, c'était l'hémisphère gauche de son cerveau qui voulait discuter avec l'hémisphère droit, une anomalie qui résultait d'un phénomène neurologique explicable scientifiquement. Juste un contre-coup après l'envol imprévu de Linda. Trop d'émotions négatives à traiter pour cette créature ridiculement habituée à sa routine.

Sur le chemin du retour, il était d'excellente humeur. D'une part, le fait que Giovanni lui ait dit qu'il était un gars bien lui avait redonné du courage.

Quelques réminiscences lui revenaient sur ce qu'il avait appris dans ses modules de psychologie sociale. Il y avait des expérimentations qui avaient été conduites là-dessus. Il n'était plus certain du nom du chercheur (R.V. Joule peut-être). Ce dernier avait démontré par exemple que si après une courte discussion, l'on disait à un passant dit "naïf" : « vous êtes vraiment quelqu'un de bien » , et que ce passant remarquait ensuite le billet qu'une personne "complice" de l'étude laissait tomber intentionnellement, il y avait deux chances sur trois qu'il aille le rendre.
Seulement le vieux n'avait rien d'un expérimentateur, il lui avait dit ça de façon désintéressée, candidement.

D'autre part, il s'était approvisionné en plats micro-ondables, en bières belges ou différentes liqueurs plus fortes, et encore en tablettes de chocolat aux noisettes. Assez de quoi tenir au moins une autre semaine.

La nuit était déjà tombée quand il rentra, il marchait dans la pénombre. Les lampadaires s'éteignaient et se rallumaient quasi simultanément : ils lui faisaient des clins d'œil.

26 octobre. Dans cinq jours, deux mois seraient passés, jour pour jour, depuis son éloignement. Linda bossait bien mais c'est comme si elle était coupée en deux. La Linda du matin : joyeuse, enthousiaste, enjouée, et la Linda de l'après-midi : mollassonne, déprimée, mélancolique. Celle de l'après-midi déteignait toutefois contagieusement de plus en plus sur celle du matin.

Ce matin-là, elle avait ordonné à ses élèves de sixième de lire pendant toute la séance un texte du Moyen-Age de cinq pages sur l'Amour et la Mort, dans lequel une princesse mourait de chagrin après qu'un dragon ait avalé son prince. Elle les interrogerait dessus après la semaine de vacances. Vacances qu'elle devrait passer seule, sauf si l'homme qu'elle aimait ne finisse par la retrouver. Mais Dieu seul pouvait savoir comment si elle ne lui disait rien.

Au cours de cette semaine, deux collègues masculins avaient fait des avances à la belle héroïne blonde qui les avait repoussées. Un des deux avait lourdement insisté, par exemple en lui déposant dans son casier des poèmes niais de sa composition ou en lui proposant plusieurs fois d'aller boire un café pendant les congés. Pour qui se prenaient-ils ces hommes ? Ils croyaient que parce qu'ils bossaient avec elle, ça leur conférait l'autorisation de la draguer.

L'on serait en droit de penser qu'à cette époque où les mœurs sont frivoles, le fait d'accepter un rencard n'aurait rien eu de choquant, cependant Linda avait le romantisme ancré en elle. Il y a des êtres comme ça qui croient en quelque chose de plus profond, telle était cette jeune femme collégialement anti-collègue.
Elle avait été flattée au moins cinq minutes, mais elle n'avait pas besoin d'un amant. Elle ne désirait tenir dans ses bras aucun autre homme qu'Alvin.

C'était la fin de la journée, Linda consulta avidement toutes ses messageries. Il ne lui avait rien écrit depuis la semaine dernière. Et pas même une seule tentative d'appel. Peut-être qu'il l'avait définitivement oubliée. Des larmes fleurirent et ruisselèrent lentement sur ses joues. Elle appela sa mère à l'aide d'une application vidéo.
« Linda, chérie. Tout va bien ? Eh, mais tu pleures ? fit la maman, plutôt sagace.

— Non, ça va pas. C'était une grosse erreur de partir. Même pas deux mois et il m'a déjà oubliée, c'était sûr, il ne m'appelle pas, ne m'écrit même plus, pas l'ombre d'un misérable texto, rien…

— Oh, allons. Han ! Ne t'inquiète pas chérie. Ce n'est qu'une toute petite passade. Sur toute une vie, qu'est ce que c'est que deux mois ? C'est court deux mois. Alors oui tu trouves le temps long, je veux bien te croire… Bon c'est vrai ça peut être long des fois deux mois.

— C'est court mais c'est long, merci de me remonter le moral… geignit Linda.

– Je sais pas quoi te dire chérie. (La mère pensa tout à coup à quelque chose). Eh, tu sais le petit Antoine, je sais qu'il est célibataire. Je suis sûr qu'il serait très content de te revoir, le petit Antoine !
– Maman. Ne me dis pas que tu m'as mis cette idée dans la tête exprès pour essayer de me caser avec Antoine ! Arrête avec le petit Antoine, je ne l'ai jamais aimé !
– Mais non, enfin ! Je disais ça comme ça. Vu que tu t'ennuies en ce moment et… »

Un affreux doute était en train de germer dans le crâne de cette jeune femme nouvellement anti-petit Antoine, c'était sa mère qui lui avait parlé de cet emploi, de cette habitation à louer. Ses paroles se chargèrent de colère : « Attends, avoue le Maman, tu as voulu me séparer d'Alvin, tu as élaboré un plan tordu et moi je suis tombée dans le piège comme une conne !
– Non, vraiment, Linda. En toute honnêteté je t'ai parlé de ça comme ça. Des copines à moi avaient fait ça : partir un moment, laisser leur amoureux de côté sans se justifier de rien, et après il revenait, l'air tout penaud mais vaillant à la fois, pour manger dans leur main. C'est ce qu'elles m'avaient dit, mais moi je pensais pas que ce serait si dur que ça pour toi. C'est toi toute seule qui as dit que c'était peut-être pas une mauvaise idée d'être un peu seule un moment, que vous étiez trop l'un sur l'autre, rappelle-toi. » La mère s'était défendue avec conviction.

Elle avait raison, c'était elle-même, comme une grande qui avait apprivoisé cette décision inepte. Elle resta muette une bonne minute.
La mère persista :
« C'est vrai que j'étais contente que t'aies accepté l'emploi ici, comme ça je pouvais te voir un peu plus souvent. Je t'ai embêté avec le petit Antoine au cas où, parce que je connais bien sa mère et je sais qu'il s'ennuie. Mais, en aucun cas je n'ai voulu élaborer un plan.

– C'est bon, je te crois. J'imagine que c'est la solitude, j'ai pas l'habitude, concéda la fille.

– Ça va aller chérie. Souviens toi ce que tu disais au début. Attends encore quelques semaines et tu verras bien quoi faire. Sinon tu l'appelles et tu lui expliques tout maintenant. Je ne veux pas te donner de mauvais conseil et qu'après tu m'en veuilles.

– Tu as raison, ça va aller. Je vais aller regarder la télé et me détendre. On se verra pendant mes vacances.

– Bonne nuit ma chérie, oui tu passeras déjeuner demain et après on ira se promener et faire du shopping, ça nous fera du bien à toutes les deux.

– D'accord, en plus j'ai envie de m'acheter une nouvelle paire de chaussures, à demain. »

En raccrochant, elle ressentit un poids sur ses épaules. Elle regrettait amèrement d'être venue ici. C'était la pire idée qu'elle avait eue de sa vie. Elle chercha des photos d'Alvin dans les albums de son portable, elle résista à la tentation de l'appeler, de lui écrire. Toutefois son cœur lui intimait de le faire, et sa raison paradoxale lui prescrivait l'inverse. Il fallait faire durer encore un peu le suspense, sans que ça ne traîne trop non plus. Elle pria pour que cela se termine dans un délai acceptable, sinon son bel amour pourrait être compromis à jamais…

Linda s'installa devant une série policière dont l'un des acteurs principaux lui faisait songer à son chéri. Au lieu de la relaxer, cela lui occasionna encore un peu plus de spleen, elle était crispée et tendue.
Bien que faiblement fatiguée, elle apposa son masque de nuit. Passagère artificielle d'un avion factice, qu'elle espérait voir s'élever rapidement à destination de Morphée, elle alla se coucher, dans un noir absolu, déprimée.

Bzzz bzzz – Tchhhh Tchhhh

    C'était le 2 novembre, une pluie dantesque dégringolait violemment sur les carreaux des fenêtres. Avec une application sans commune mesure, les gouttes d'eau assourdissantes avaient tiré Alvin hors du sommeil. Il avait fait les cent pas toute la matinée.
Depuis plusieurs jours, il n'avait tenté de recontacter ni Linda, ni Léandre, ni qui que ce soit d'autre. Il avait fini par se convaincre qu'elle s'était moquée de lui. Qui est-ce qui part comme ça, sans laisser d'adresse, sans exposer aucune raison ?
C'était incohérent. Personne ne fait des choses comme ça. Il fallait se rendre à l'évidence, elle s'était foutue de sa gueule. Il n'avait plus que son projet de livre pour l'aider à tenir le coup. Projet qui demeurait au stade embryonnaire. Une graine enfouie sous de la terre à trop grande profondeur.

Ce célibat -forcé- ne lui réussissait manifestement pas. Il avait passé une partie de l'après-midi au bar d'en bas, dans lequel il avait siroté deux pintes avec une connaissance qu'il avait rencontrée dans le parc alors même qu'il partait en courses. Il était ensuite retourné faire ses courses avec l'esprit déjà bien embrumé. Le vieillard n'était pas sur son banc ce jour-là, ce qui attrista passablement Alvin qui aurait bien voulu se voir affublé d'un nouveau sobriquet.

Si Ignatius Reilly, personnage fantasque du livre *La Conjuration des Imbéciles*, avait pu sortir de l'œuvre de Toole, il l'aurait dit à notre héros : à force tout cela deviendrait « extrêmement dommageable pour l'âme » : à cette heure tardive de la nuit, il était tout à fait ivre. Il avait enchaîné quelques verres de vin en mangeant un plat cuisiné tout préparé puis avait descendu plusieurs whisky sans diluant.
Si bien qu'il n'entendait plus très bien les différentes voix entremêlées lui baragouiner leurs âneries.

Car la voix dans sa tête était revenue la veille, pire elle s'était amplifiée. Elle répétait en boucle : « Nous pouvons vous aider à l'écrire, votre livre » refrain qu'elle ponctuait une fois sur quatre avec « Faites nous confiance » ou « Laissez-vous faire ». Mais il n'y avait qu'une seule voix, il en était persuadé, alors pourquoi disait-elle « Nous » cette idiote de voix ? Cette voix était totalement tarée, elle était encore indubitablement plus folle que lui, elle était carrément schizophrène cette voix !

Depuis quelques jours, le buzz du frigo semblait à son tour vouloir rentrer dans la partie en prenant la tonalité d'une manifestation vocale qui se mettait à lui causer. Celle-ci par contre était mauvaise, elle déclarait : « Tu ne l'écriras jamais ce livre bzzz bzzz » ou « Raté bzzz bzzz ». La veille, la machine à laver avait pareillement endossé un rôle tout aussi acariâtre, proférant à tort et à travers : « Tchhhh Tchhhh nul », « Tchhhh Tchhhh Alvin zéro ».

Alors d'accord, (il gambergeait), admettons cette hypothèse : peut-être que la voix numéro une intègre celle du réfrigérateur et celle du lave-linge, ou même une seule des deux précédemment citées, alors là, bon pourquoi pas, elle pouvait dire « Nous », sinon ce n'était pas correct. Sauf qu'au tout début, cette voix était bien seule et elle se désignait déjà par ce « Nous », donc non, elle avait faux sur toute la ligne cette connasse de voix. Pourquoi se conjuguait-elle au pluriel ? Parlait-elle au nom d'une masse globale indéfinie, d'un inconscient collectif ?

Ou alors la voix était celle d'une personne noble, comme dans les films : une reine ou une altesse décédée qui avait inopinément adopté la résolution de s'adresser à lui depuis l'au-delà. Alors là ok, elle avait le droit de dire « Nous », tel un pronom aristocratique. Lui, s'il se tournait vers « Elle » il se devrait de lui répondre « Vous », par politesse. En cette heure avancée de la nuit, il ne voyait guère que cette explication.

Il était vraiment fin plein ; il alluma la télévision et coupa le son. De son point de vue, se concentrer sur des images qui bougeaient l'empêcherait en tout état de cause de penser plus qu'il n'était nécessaire à ces histoires abracadabrantesques de phonation.

Il n'augmenterait pas le volume, il était probable que la voix se matérialise dans les haut-parleurs… Il avait déjà vu ça dans un documentaire, il allait finir comme tous ces cas psychiatriques qui entendent l'animateur météo ou le présentateur d'un jeu télévisé leur adresser des menaces ou leur délivrer des messages personnels.

La voix n'eut aucunement besoin d'un animateur pour parvenir à toucher ses neurones. Elle balbutia à nouveau de plus en plus fort son mantra : « Nous pouvons vous aider à l'... ».
Je n'ai pas besoin d'aide, à la fin ! s'énerva Alvin (à voix haute). Il oublia de la vouvoyer. Ferme-là ! Tu me soûles saleté de voix ! Déjà que tu es toute seule et que tu dis « Nous », c'est toi qui as besoin d'aide, ouais ! Moi je vais très bien comme ça, et mon livre je le finirai sans toi ni personne, j'y suis déjà arrivé, j'y arriverai encore. Tu m'entends, hein ? Tu fais moins la maline quand je parle, tu dis plus rien là !
Le frigo prit la relève avec ses « Raté bzzz bzzz » et autres vocalises aimables du même acabit. Alvin trouva une parade, il l'éteignit en jubilant intérieurement.

Il n'en avait pas pris conscience mais il faisait des gestes amples avec ses bras, comme s'il voulait en découdre avec la personnification de cette voix inexistante, inanimée, fantasmagorique. Il était un danseur de Saint-Guy couplé à un Don Quichotte des temps modernes se battant contre les moulins à paroles chimériques de son mental défaillant.

Alors qu'il était toujours en train de vociférer des remarques désobligeantes à l'encontre de voix illusoires, de leur porter des coups de sabre laser

invisible pour qu'elles se taisent, erreur d'inattention ou trop forte alcoolisation, il trébucha négligemment et le côté droit de sa tête vint heurter le carrelage de la cuisine.
Rien de catastrophique cependant, pas même un mince filet de sang ne s'échappa de son corps.
Il s'endormit en ronflant bruyamment.

A quelques centaines de kilomètres de là, dans son pavillon cosy localisé près de Nantes, Linda se réveilla tête-bêche sur la moquette de son salon. Profitant de ses vacances pour se reposer, elle s'était assoupie sur son canapé clic-clac. Mais très exactement au même moment qu'Alvin s'écroulait, elle était -elle aussi- tombée par terre. Elle avait auparavant visionné (sans avoir coupé le son) très exactement le même programme à la télévision que son bien-aimé, à savoir une rediffusion d'un reportage qui s'appelait *Appels Urgents* ou quelque chose dans ce genre-là.
Coïncidence invraisemblable ? Connexion spirituelle entre ces deux êtres débordants d'amour l'un pour l'autre ? Toujours est-il qu'en cet instant, Linda eut un mauvais pressentiment. Les yeux encore mi-clos, elle prit expressément la décision d'appeler Alvin.

Dans l'appartement du troisième étage situé pas très loin de Paris, le smartphone se relaxant sur la table de la cuisine se mit à vibrer frénétiquement. Dangereusement, cet insecte rectangulaire bourdonnant se rapprochait de manière souple et à la fois inflexible vers le bord de la grande table haute de 1 mètre 10. La dernière vibration fut fatale : l'engin chuta en effectuant un *underflip* plein de maîtrise, puis alla rebondir brutalement sur la tempe gauche de l'homme couché sur le carrelage. « Meuh ! » grogna ce dernier en ouvrant un œil torve qui se referma aussitôt.

Rien de catastrophique cependant, à part pour le téléphone qui, après l'impact, s'était éteint puis désagrégé en plusieurs morceaux. Après avoir meuglé deux fois de plus, Alvin se rendormit sereinement, du sommeil du juste.

Surprenant, il ne me répond donc jamais quand je l'appelle. En même temps, sans doute normal vu l'heure qu'il est. Il a encore dû travailler comme un acharné sur son roman ultime tout le jour et doit être très fatigué, le pauvre chéri. Je vais lui laisser un message, ça lui prouvera que je pense fort à lui. Je vais lui dire que je vais rentrer. Bizarre malgré tout, ce cauchemar. Linda, toujours à même le sol, ne s'inquiéta pas outre-mesure et, tout en faisant une boucle dans ses longs cheveux blonds avec l'index de sa main gauche, retomba… dans le sommeil, cette fois-ci.

Lorsqu'il se réveilla en cette matinée déjà bien entamée de début novembre, Alvin eut un déclic. Ce n'était plus possible de persister à vivre ainsi très longuement, ou alors il se retrouverait un beau matin tétanisé dans une léthargie éternelle. Ces voix, elles n'étaient qu'un prétexte pour ne pas écrire, afin de retarder l'échéance de sa création. Il en avait la certitude maintenant.

Du moins, c'est ce qu'il décida pour reprendre du poil de la bête. Il vida le reste des bouteilles d'alcool fort dans l'évier, puis jeta à la poubelle de déchets, et son paquet de cigarettes quasi-neuf et ses bières en verre non entamées, pêle-mêle. Cet homme qui aimait tant trier pour aider au recyclage fit cette fois une exception. « Tant pis pour l'écologie, il en va de mon alcoologie ! », chanta-t-il, même si ça ne faisait guère de sens.

Une fois douché, il dégusta un bol de pâtes à la bolognaise (toute faite) en buvant du thé glacé, puis remis d'aplomb et requinqué, il s'attela sans plus lambiner à son ouvrage littéraire.

Il ne s'occupa pas du smartphone désossé avant plusieurs heures.

Linda semblait de plus en plus démoralisée. Cette semaine de vacances lui avait donné bien peu de satisfaction. Elle avait ressorti, d'une housse poussiéreuse, son appareil photo hybride, en espérant (à l'instar de l'homme qu'elle aimait) trouver une inspiration magistrale. Cet espoir ne fut pas vraiment couronné de succès.

Un jour, elle captura plusieurs clichés de cette montagne de livres qui siégeait dans la pièce à l'étage. Sous un certain angle, elle trouva ça artistique, mais est-ce que ça vaudrait la peine d'être exposé quelque part ? Elle n'oserait jamais poster ça sur son blog ou sur la page de son réseau *Headslive*.

Elle proposa un autre jour à sa meilleure amie d'enfance, Marina, de poser devant l'objectif. Elle réalisa quelques clichés en noir et blanc, de qualité très médiocre, de cette amie en tenue légère. Marina avait pourtant un corps sublime qu'elle devait entretenir avec l'assistance régulière de salles de sport ou de coachs sportifs. Mais les photographies étaient toutes ratées. Elle passa la journée avec elle à parler de tout et de rien, d'amour et d'Alvin. Marina, toujours aussi perspicace, lui répéta que son plan était toujours aussi insipide. Linda voulut bien la croire sur parole.

Elle se promena une après-midi avec sa mère, à faire du shopping dans une galerie commerciale. Elle acheta une énième nouvelle paire de chaussures, en l'occurrence des bottines beiges qui allaient avec son teint. Cela la revigora pendant quelques heures.

Elle passa le reste de ses journées à ne rien faire de spécial, à regarder des séries, à se procurer quelques livres supplémentaires…
Il y eut aussi cette soirée (que nous avons déjà retracée dans les grandes largeurs) durant laquelle elle eut cette espèce d'intuition concernant Alvin. Et dire qu'il ne l'avait même pas rappelée après le beau message qu'elle lui avait laissé.

Le jour de rentrée des classes fut un long calvaire, dont elle ressortit prodigieusement indemne. Elle n'avait pas préparé ses leçons, elle n'avait plus envie d'exercer ce métier. Elle n'avait même pas pris le temps (bien qu'elle n'ait eu que ça à faire) de corriger les rédactions de ses élèves, si bien qu'elle décréta, sous une acclamation quasi-générale, de donner à toute la classe un 20/20.
Son découragement se ressentit tout le long de la semaine. A présent elle faisait n'importe quoi dans son travail : arrivait en retard, repartait à l'avance, ne s'occupait que d'observer l'aiguille tourner sur l'horloge.
Ce vendredi, elle était venue faire cours en chaussons (la flemme de choisir et d'enfiler une paire de chaussures) et elle avait proclamé auprès de ses classes de différents niveaux : « Aujourd'hui jeunes gens, exceptionnellement, on va regarder un film ! » Elle l'avait déjà dit hier et avant-hier.
Les élèves l'aimaient bien.

Revenons à Alvin le jour de son déclic. Il se crut donc prêt à rédiger son fameux livre ultime. Après s'être sustenté, il s'était remis à fouetter, avec grande dextérité, les touches de son clavier. Il était cette fois-ci sûr de son coup. Ce sera la bonne, héhé, ricanait-il. Il était disposé à reprendre son texte sur le travailleur J. et son double, seul texte qu'il se persuadait à ne pas jeter aux oubliettes pour de bon.
Il ajouta cinq phrases dans lesquelles J., d'un uppercut bien placé, flanquait son double hors d'état de nuire ; puis pour ne rien changer à ses chères habitudes, au bout de deux heures, il n'était arrivé à rien de plus.

Prenant acte de son nouvel échec, il désira s'évertuer à appeler Linda une nouvelle fois mais il ne parvenait pas à remettre la main sur son foutu portable. Il ne se souvenait franchement pas ce qu'il avait pu en faire. Sa mémoire était bancale. Il l'avait peut-être balancé ce matin à la poubelle en même temps que ses clopes et ses bières ?
Si seulement Linda était là, elle me ferait biper. Que c'est désespérant d'être seul, grommelait-il.

Il se leva de son siège, maugréa, et se dirigea vers la cuisine. Ces quelques pas lui firent ressentir un besoin vital d'eau fraîche. Il but deux gorgées, puis se détermina à fouiller dans les déchets pour convenir prestement qu'il n'existait nul téléphone parmi ces innombrables immondices.

Il avait vérifié dans les poches de son jean, de sa veste, sur le canapé, le lit, les tables, le meuble de la salle de bain, un peu partout sauf au bon endroit, comme le veut le règlement lorsque l'on est à la recherche d'un objet perdu.

Il se désintéressa de cet outil technologique disparu et observa brusquement son corps. Il admit qu'il n'avait pas fait d'exercice physique depuis un bon moment. Je vais me faire une séance de deux fois vingt pompes, ça fera le plus grand bien à mes pectoraux, s'encouragea-t-il, ambitieux.

Il était posté près de la table de la cuisine, sur laquelle il avait posé la bouteille d'eau. Il débuta hardiment sa séance. Mais au bout de quatre pompes (il n'en pouvait déjà plus), son regard en biais considéra un rectangle noir le narguant sous une chaise, rectangle qui ne lui était pas familier. Il soupesa l'instrument qui n'était autre que la batterie de son téléphone. (Elle avait voltigé là cette nuit en se désolidarisant du reste)

Il récupéra la façade dissimulée sous un morceau d'essuie-tout qu'il avait dû envoyer promener là lors d'un moment d'égarement. En deux temps trois mouvements, il réassembla les éléments qui n'avaient subi aucune casse. L'écran était certes maintenant détenteur d'une fissure grossière mais le tout fonctionnait normalement, comme au premier jour.

Il s'activa l'espace de quelques secondes à taper ses codes de déverrouillage puis chercha quoi raconter à Linda (qui ne répondrait de toute façon sans doute pas). Je vais lui dire que j'abandonne définitivement l'écriture et qu'elle n'a qu'à rappliquer tout de suite. Jusqu'à ce qu'une vibration impromptue ne vienne le tirer de sa rêverie. « Vous avez un nouveau message, reçu le 3 novembre à 2h42 » Ce qu'il entendit alors procura un indéfinissable bonheur au creux de son oreille droite. Il reconnut la voix ensommeillée de Linda qui exposait : « Alvin, c'est moi, j'ai eu le sentiment que tu avais besoin d'aide, comme une prémonition. C'est sûrement débile. En fait, je crois que je deviens débile. C'est parce que tu n'es pas près de moi. J'espère que tu vas bien, je trouve ça bizarre que tu ne m'écrives plus. Tu fais pas de bêtises au moins ? Et ma liste ? Je suis sûre que tu t'en fous, hein ? C'est bientôt fini, j'ai été bête, je vais te... »

Te quoi ? Le message se coupa net. Il voulut la rappeler instantanément pour lui faire part de tout son amour. La batterie s'était déchargée. Et bien-sûr, comme par un fait exprès, c'était à présent le câble de recharge qui répondait aux abonnés absents…

Lors de la deuxième semaine de rentrée, Linda subit plusieurs remontrances de la part de ses supérieurs hiérarchiques. Du principal adjoint, puis du principal lui-même. Il n'étaient plus du tout satisfaits de son travail.
L'équipe enseignante, pas dans son entièreté mais presque, s'était plainte de son comportement. Elle avait un jour "insulté" le collègue, qui lui avait dédié des poèmes, en le traitant de « cochon et de personnalité déviante ». Susceptible, et déçu d'avoir été rejeté de la sorte, il avait réussi à monter une partie des autres profs contre elle.

Certains élèves avaient cafté à leurs parents qu'ils n'en foutaient plus une pendant les cours de cette jeune femme fâcheusement anti-programme scolaire. Des parents, peu rassurés, étaient venus faire part de leur doute quant à la méthode pédagogique qu'employait la jeune professeure. Selon eux, leurs enfants se voyaient obligés de lire à la maison des livres trop difficiles, parfois même très déprimants, pour leur âge. Elle avait insisté pour que ses élèves de cinquième achètent *Critique de la raison pure*, d'Emmanuel Kant, puis qu'ils en fassent une analyse de deux feuilles doubles. A ses élèves de quatrième, elle avait vivement recommandé en lecture du soir le livre *Le métier de vivre* de Cesare Pavese. Elle lisait les extraits les plus tristes de ce dernier en classe, tout en réalisant des pauses conséquentes pour souligner la vacuité de l'existence, pour insister sur la futilité de l'amour.

Le 16 novembre, en fin de matinée, elle souhaita donner sa démission. On lui conseilla plutôt de poser un arrêt maladie, que cela s'arrangerait.
Sortant du bureau, elle soupira. Alvin venait de l'appeler et elle l'avait encore raté. Il avait l'air confus dans ses paroles, qui étaient d'ailleurs toutes découpées ; il avait dû lui téléphoner depuis une pièce où on captait mal, les toilettes elle présuma. Elle avait perçu, en vrac : « fini… livre… rentre… Léandre… amant ou… histoire… ta liste… »
Il lui parlait donc pour la première fois de sa liste. Elle rêvait ou il était jaloux, ou alors… autre chose ? L'essentiel de ses paroles étant décousu, elle s'imagina un court instant son homme et Léandre ensemble. N'importe quoi, elle devait délirer. Elle espérait que ce dernier n'avait pas trahi le plan. Il fallait qu'elle l'appelle, Léandre, comme ils en avaient convenu. Elle savait en survolant son nom dans le répertoire que la fin était proche.

Alvin écrivit son roman en douze jours précisément. Voici la façon dont se déroula le processus alambiqué de sa création.

La recharge de téléphone qui manquait à l'appel fut retrouvée le 3 novembre vers 12h28 (heure approximative) sous son vieux jogging sale roulé en boule dans un coin du salon. D'abord, il brandit ce câble comme un trophée, encore tout émotionné qu'il était de sa nuit alcoolisée. Ensuite, il alla spontanément brancher son portable afin d'appeler au plus vite Linda. Toutefois, en raccordant la recharge -dont le fil était dénudé à une des extrémités- à la prise murale, il se prit un minime coup de jus au niveau de son pouce et index droits. Dans d'autres cas que le sien, cela aurait été bénin et sans incidence.

Seulement, cette faible décharge électrique, presque imperceptible, cumulée à sa chute nocturne sur sa tempe droite, cumulée au portable qui attaqua de façon consécutive sa tempe gauche, provoqua chez cet homme un effet qu'il sera difficile de décrire avec précision. Sommairement, cette accumulation d'épisodes saugrenus donna lieu à un chamboulement au niveau de neuromédiateurs qui vinrent se fixer à des récepteurs synaptiques (jouant un rôle encore indéchiffrable pour la science à ce jour). Une onde de bien-être avait soudain envahi le système nerveux d'Alvin.

La légende de Newton raconte que ce dernier aurait découvert les lois de la gravitation après qu'une pomme soit tombée d'un arbre sur sa tête. Pour notre héros, il ne s'agissait pas de gravitation, ni de gravité, mais de simplification et de simplicité.

Il se ravisa et n'appela pas sa bien-aimée, s'empara d'un calepin, se munit d'un stylo et élabora sur une feuille un schéma directeur. Il n'y avait ni quelconque force obscure pour le posséder, ni voix pour dicter ou téléguider sa production, il était maître de lui-même. Imprégné de sa propre inspiration, surpuissante, qui lui avait tant fait défaut durant de longues semaines, il disposait de la pleine conscience de ses pensées qui lui arrivaient filtrées, pures.

Il nota, entre autres, ces quelques mots-clés : « liste de courses, plats cuisinés, fausse mort du héros, mails d'amour programmés... ». Il avait le début et la fin de l'histoire, tout lui apparaissait clairement, comme le contour d'un coloriage pour enfant. Il n'avait alors plus qu'à faire du remplissage, sans trop déborder.

Se convertissant en maître chocolatier des belles lettres, il allait faire chauffer à bain-marie ses milliers de mots noirs sur quelques centaines de pages blanches, il espérait ainsi concocter un fondant de genres littéraires, un mélange de saveurs inédites pour les lecteurs.

Il s'attela à la tâche dix heures par jour tout en respectant des plages horaires précises, en s'imposant une cadence, en faisant des pauses pour se nourrir, en suivant un rythme régulier de sommeil.

Le résultat serait impossible à retranscrire ici, mais l'on peut se risquer à un résumé. Il s'agissait d'un roman de trois-cent pages incorporant genre policier et genre épistolaire, avec une larme de drame, une pincée de comédie, un soupçon de poésie (à deux passages, il cita Keats et Rimbaud, en se dénaturant un peu). Il n'oublia pas totalement la science-fiction, visible à la fin, mais préféra ajouter d'abord de l'ésotérisme et une pointe de mysticisme.

Il s'inspira dans le fond de sa propre histoire ; construisit un personnage à partir de lui-même, un autre à partir de Linda. Finalement, pour qui le connaissait un tant soit peu, on retrouvait certains faits autobiographiques.

L'histoire était bâtie comme suit :
Il était question d'un homme d'une trentaine d'années à qui sa femme avait confié une liste de courses. Il était en congé le mercredi après-midi et devait aller acheter tous les produits listés pendant qu'elle était au travail. Cet homme était en fait un agent au service de l'État qui allait devoir partir pour une interminable mission d'infiltration à l'étranger. Afin de supprimer toute trace de son passé et de sa présente identité, le personnage était obligé de faire croire à sa propre mort.
En accord avec sa hiérarchie, ils élaborèrent un stratagème loufoque -dimension comique-
Alors qu'il faisait ses emplettes dans le magasin, une palette de plats micro-ondables en promotion tomba, par inadvertance, sur ce pauvre consommateur qui

poussait naïvement son caddie. Commotion cérébrale fatale, selon le docteur. Une agence gouvernementale fit fabriquer une réplique de l'homme et on la plaça à la morgue pour que la famille ne doute de rien.
Le héros toujours vivant pouvait ainsi partir en mission tranquille. Sauf que le héros avait programmé des mails qui s'envoyaient tous les mois à sa femme -dimension mystique étant donnée la teneur des mails-
Ensuite, il y avait un enchevêtrement d'actions toutes plus rocambolesques les unes que les autres. La fin était tragique sauf pour le héros et sa femme qui partaient en d'autres lieux à l'aide d'une navette spatiale -on comprenait à la fin que cette histoire se déroulait dans le futur, d'où la dimension science-fictionnelle.
Il avait tenté d'innover, mais tout cela collait en définitive suffisamment avec sa marque de fabrique.

En ajoutant une dernière couche, tel un peintre devant sa toile, il songea à ce qu'il serait advenu à la Joconde par exemple, si De Vinci avait porté un coup de pinceau en trop, ou à l'inverse en moins… L'œuvre aurait-elle traversé les époques comme elle l'a fait ? Et comme un effet papillon, s'il manquait un mot, ou au contraire s'il y en avait un de trop dans son livre, le retentissement pourrait s'en trouver altéré. Les éventuelles répercussions ne l'obsédèrent pas plus que cela. Il acheva son roman aux alentours de 20 heures le 15 novembre puis dormit dix heures d'affilée.

Le matin du 16 novembre, il faisait un froid de canard blanc enterré au fond du congélateur. Alvin le pronostiqua, en scrutant depuis sa fenêtre le ciel livide et les pare-brises recouverts de givre des voitures stationnées au pied de son immeuble. L'hiver semblait cette année devoir s'installer plus rapidement que prévu. Cela contrastait avec les émotions brûlantes qui animaient sans cesse le cœur de cet homme depuis plusieurs jours.

Il s'était levé aux aurores pour relire son texte, corriger ses fautes et numéroter les pages. Après avoir mis un terme à ce supplice, il se dévisagea dans le miroir.

Il était comme métamorphosé, le torse bombé, et se dit à voix basse : ça y est, je suis quand même arrivé à le finir. Il n'était pas fier de son œuvre, non il était juste fier de l'avoir terminée !

Il imprima son roman, enfourna un exemplaire dans une enveloppe qu'il irait poster cet après-midi à sa maison d'édition. Peut-être ne l'accepteraient-ils pas celui-là ? Il était différent des autres.

En collant le rabat de l'enveloppe, il s'interrogea sur la qualité et convint de la chose suivante : ça n'existe pas un roman ultime, encore une invention de ma part, ou une phrase de chroniqueur que j'aurai lue un jour et qui m'aura marqué, des balivernes que je me racontais. J'ai la conviction que l'on peut toujours mieux faire, mais je ne veux plus me prendre la tête. Mon bouquin, ce sera juste un livre comme on en compte des milliers dans les librairies et les bibliothèques. Il n'aura rien de plus spécial excepté le fait que ce soit moi qui l'ai écrit. Il est bon, néanmoins personne n'atteindra le septième ciel en le lisant. Quoique, sait-on jamais, il pourrait inspirer un jour un scénariste de film holywoodien. (Il était partagé entre l'envie d'être réaliste et celle d'être un doux rêveur)

Maintenant, j'ai rempli la deuxième condition de cette liste débile, enfin condition… J'en parle comme si c'était une chose sérieuse, et pourquoi pas une modalité tant que j'y suis.

Mais c'est le moment de voir si c'est un talisman aux facultés surnaturelles, je serais presque prêt à le croire.

Il n'avait plus qu'une hâte, voir son ami Léandre et comprendre ainsi peut-être le fin mot de cette histoire. Il composa le numéro de son ami avec optimisme. Quelque chose lui disait qu'il répondrait cette fois.

Il se trompa. C'était encore et toujours la messagerie. Il avait essayé de sonner chez lui plusieurs fois ces dernières semaines et il n'avait jamais répondu non plus, aucun signe de vie.

Il téléphona à Linda… qui ne répondit pas non plus. Décidément, cette histoire n'est pas claire, jugea-t-il grimaçant une mine de désarroi.

Il laissa un message vocal qui disait dans les grandes lignes : « Linda, j'ai achevé mon livre. Tu peux rentrer maintenant ! Au fait je n'arrive pas à joindre Léandre, c'est ton amant ou quoi ? C'est quoi cette histoire avec lui ? Je ne peux donc pas réussir à terminer ta liste, liste à la con soit dit en passant !

Il faut que je la termine au fait ? A très vite, j'espère. Je t'embrasse »
Il détestait parler à ces répondeurs, à chaque fois il avait la détestable sensation que ses paroles, quand bien même fussent-elles en l'air, allaient se perdre dans le vide intersidéral de la non-communication.

De nouveau, des sentiments de jalousie s'emparèrent de cet animal solitaire. Ce sale type de Léandre. Il doit être avec elle, ils me font je ne sais quel mauvais coup. Comment se fait-il qu'aucun des deux ne me réponde sinon ? J'en ai ras le bol de ces deux comploteurs !

Dix minutes à peine s'écoulèrent lorsque soudain son smartphone vibra. C'était Léandre. Il souhaitait qu'il le retrouve ce soir à 20 heures au café où ils étaient allés quelques fois boire des verres. Le *Star Metal.* Un bar bien sympathique dans lequel bizarrement ils ne passaient aucun titre de métal mais plutôt du vieux rock des années 50 aux années 70.

Alvin arriva dix minutes en avance au rendez-vous. La chanson *Maybellene* de Chuck Berry jaillissait des enceintes. Wo, pensa-t-il, j'espère que ce n'est pas un mauvais présage. Heureusement, cette chanson, qui parle d'une femme infidèle, arriva promptement à son terme puis laissa la place à *She loves you* des Beatlles. C'est déjà un peu mieux, délibéra Alvin, à l'affût de signes divinatoires. Il ne savait quand même pas sur quel pied danser.

Il se détendit en faisant craquer les articulations de ses doigts.
Léandre se montra lui aussi à peine en avance. Ça faisait bien depuis début août qu'il ne l'avait pas revu. Ce grand énergumène d'un mètre quatre-vingt huit était âgé de trente-cinq ans. Il avait toujours l'air renfrogné, sauf quand il avait bu un coup, alors là il se mettait à devenir réellement drôle, exubérant même. Ils se saluèrent et s'installèrent dare-dare à une table. Léandre commanda un Picon et Alvin un diabolo violette. « J'ai arrêté l'alcool », précisa notre héros quand il aperçut son ami faire une tête interloquée. « Je devrais en faire de même » bailla Léandre.

Léandre avait l'air gai, bien luné, et cela tout en étant sobre pour une fois. Il entama la conversation avec un grand sourire.
« Bon alors, ça y est, tu dois avoir besoin de quelques explications ?
– Vas-y, j'attends. C'est quoi ce délire avec Linda ? Tu te l'es faite ? Enflure, t'es son amant, c'est ça ? »
Alvin avait ses pommettes qui s'empourpraient, il avait envie que l'autre crache le morceau une bonne fois pour toute et tout de suite, plutôt que de prendre son temps comme il était en train de le faire.
Léandre éclata de rire. Pendant au moins une minute il ne parvint pas à retrouver son calme.
« Eh, t'es sérieux quand tu dis ça ? J'croyais que tout le monde savait ?

– Tout le monde savait quoi ? demanda Alvin avec sa face qui commençait à se décomposer.
– Enfin, vieux. Ta copine et moi… mais non quoi. Je n'aime pas les femmes. J' suis homosexuel… Je croyais te l'avoir déjà dit. Mais, dis moi ça fait plus de deux ans qu'on se connaît, même si on s'est pas vu beaucoup ces dernières semaines…et toi tu t'en es jamais douté ? »

Alvin souffla intérieurement, son visage se radoucit. Ah, d'accord. Ça changeait la donne. Non, il n'avait jamais rien remarqué. Léandre ne ressemblait pas à ces hommes que l'on voit parfois dans les comédies et qui font des manières efféminées, alors Alvin, forgé par tous ces stéréotypes, ne s'était jamais posé de questions à son sujet. Léandre, il était plutôt du genre baraqué, et avec sa barbe…
« Je n'étais pas au courant, non ». Alvin, bien qu'un peu hésitant, continua sur sa lancée :
« Désolé de m'être montré agressif. Mais voilà c'est Linda, elle me rend la vie dure. Elle s'est évanouie dans la nature depuis plus de deux mois. Elle ne m'a pas laissé d'adresse, juste une liste bidon dont tu fais partie. Tu dois savoir quelque chose, alors s'il te plaît dis-moi.
– C'est pas grave, mon vieux. Oui elle t'a fait un drôle de coup. La garce hahaha. En même temps, tu verras, ce n'est pas si tragique ! Tu as suivi les "instructions" qu'elle t'a fournies, donc maintenant le dénouement ne devrait plus être très loin.

– Moi je pensais qu'elle partait pour quelques jours et qu'elle allait revenir presque dans la foulée. Non, c'était ça le truc ? Il fallait réellement que je finisse sa liste... Mais c'est quoi son délire, elle est timbrée ! Elle veut quoi au juste alors ?

– T'as toujours pas capté, hein ? Elle veut... (il s'arrêta de parler plusieurs secondes, son regard avait pris une teinte froide, impénétrable, puis il reprit sèchement) Elle veut ton âme ! »

Alvin grimaça en abaissant ses sourcils. Mon âme ? Mais... qu'est-ce que c'était encore que... qu'est-ce qu'il raconte ?

Léandre, dont le regard était resté grave et solennel pendant d'innombrables secondes, piqua encore un nouveau fou rire.

« Oh non, oh t'aurais vu la gueule que t'as fait ! T'as failli y croire. Allez, avoue. Eh, vieux, on est pas dans un de tes romans de fraction ou bouquins de trucs fantastiques. On est dans la vraie vie là, t'inquiète, enfin oui je crois que c'est la réalité hahaha.

– Ahaha, Alvin se mit à se bidonner un peu lui aussi. T'es con, faut pas me faire de vannes comme ça, je suis sur les nerfs en ce moment !

– Allez, va. T'as le droit de savoir. En gros, elle trouvait que vous étiez trop ensemble tous les jours, elle a voulu être seule et te laisser seul un moment. J'ai pas vraiment pigé pourquoi elle faisait ça, moi non plus. Si ça peut te rassurer... Tiens, je vais te donner son adresse, tu iras la voir, elle t'expliquera tout mieux que moi. Personnellement, je ne l'ai eue qu'au téléphone ou sur les réseaux. Toi, elle t'avait bloqué, non ?

– Oui, enfin, je sais pas trop. Sur les réseaux de sûr, et au téléphone elle me répondait quasiment pas. T'en sais pas plus ? C'est grave ? Tu crois qu'elle va revenir ? Alvin, transformé en inquisiteur du Moyen-Age, avait envie de lui poser 10 000 questions, toutes les unes après les autres sans laisser à son ami le délai d'y répondre.

– Ben, pourquoi ce serait grave ? Non, tu l'aimes et laisse moi te dire qu'elle aussi elle t'aime. Il y a un truc que je devrais pas te dire et que tu pourrais trouver tout seul, mais allez, je vais t'aider. J'espère que tu me choisiras comme témoin, si jamais... enfin tu vois quoi.

– Hein ? Ah, attends un peu. (les sourcils d'Alvin se rehaussèrent) Non, me dis quand même pas qu'elle a fait tout ça pour ça ?

– Disons que, et ben, oui si tu te pointes chez elle avec un anneau, il y a de grandes chances qu'elle dise "ouiiiii je le veux !!" ... »

La figure de Léandre s'était illuminée. Ça lui avait ôté un poids de révéler tout ça d'un coup à son pote. Même si l'histoire du mariage il l'avait inventée de A à Z, Linda ne lui avait jamais parlé de ça !

Alvin, lui, n'en revenait pas : elle se serait cassée exprès pour qu'il lui fasse une demande en mariage. Un genre de « fuis-moi je te suis » version nuptiale ?

Il avait imaginé tous les scénarios sauf celui-ci. C'était puéril.

Bof, il n'était plus à ça près, ça tenait la route après tout. Il prit soin de bien noter l'adresse, il ne voulait pas se manquer. Il rentra chez lui, avec des sentiments mitigés. Il était heureux de savoir qu'il n'allait pas tarder à enfin revoir sa bien-aimée, d'un autre côté il s'interrogeait... fallait-il aller jusqu'à une alliance sacrée pour sauvegarder leur couple ?

Le lendemain, dès la première heure, il se retrouva dans le train pour Nantes. Il ne comprenait toujours rien à rien à cette histoire. Il se doutait bien que Linda était un tantinet fleur bleue en fin de compte, mais elle, elle devait pertinemment savoir qu'il était contre le mariage et toute ces cérémonies pompeuses. Ils avaient déjà eu maintes discussions à ce sujet.

Il avait quand même arrêté sa décision : la nuit avait bouleversé ses théories et lui avait apporté le conseil de s'unir de façon sacramentelle. Il pénétra dans la première bijouterie qu'il repéra dans le centre de Nantes, paya pour une des bagues les plus chères puis héla un taxi qui passait là comme par miracle.

Il arriva dans la petite bourgade de Belle-sur-Ville vers 11h40. Il n'eut aucun mal à se rendre à l'adresse indiquée. Le 17 rue des Amoureux. Et on était le samedi 17 novembre 2018. Vraiment, si c'était le fait du hasard, cet enfoiré avait pensé à tout. Halluciné, alunissant sur le palier, il sonna en mordillant sa lèvre inférieure et en se tortillant sur place.

Linda l'avait vu venir de loin, depuis la baie vitrée de son salon. Qu'cst-ce qu'elle avait dit sa mère déjà ? « Penaud et vaillant à la fois. » Ce n'était pas tout à fait ça. Avec sa petite chemise blanche, il avait plutôt l'air tout craintif, et il était tellement mignon. Elle aussi se retrouvait intimidée à présent. Elle s'empressa d'aller enfiler un petit haut blanc transparent. S'il se met en colère il sera peut-être indulgent s'il me visualise comme ça, elle avait imaginé. Elle ouvrit la porte lentement.

« Bonjour, dit-elle arborant un sourire enchanteur et des yeux brillants.

– Salut, fit-il, ému. Alors comme ça tu voulais t'enfuir hein ?

– Oui, j'en avais marre. Mais ça y est tu m'as retrouvée !

– Eh bien, vas-y explique moi un peu mieux ce lâche abandon, questionna la petite chemise blanche toute timide.

– Oh, rien de plus complexe… (elle craignait de s'empêtrer dans ses propres mots, de se prendre les pieds dedans et de tomber à la renverse). A vrai dire, des fois j'en avais assez de te voir toujours là avec tes bouquins, ton écriture… Ces vacances d'été, on n'a rien fait, on n'a pas bougé. Je m'étais dit, je vais le laisser seul pour qu'il crée, ça ira mieux après. J'ai vite regretté. Dans mon dernier message je te disais que j'allais rentrer, tu l'as pas écouté ? Bon je sais, je suis une vraie conne. Je te demande pardon.

– Idem, je suis un vrai con quand je m'y mets. Sauf que je pars pas sans raison du jour au lendemain. Quand on aime quelqu'un, on ne fait pas des choses comme ça !

– Eh ben moi je l'ai fait, et à ton avis je t'aime pas ?

– Ben...

– Toutes les chansons, tous les films, tous les livres, tout ce qui parle d'amour me fait penser à un seul être, et cet être... c'est toi. Je t'aime, mon idiot ! (un regard flamboyant avait accompagné ses paroles)

– Je t'aime aussi, mon idiote ! s'entendit répondre Alvin, ravi.

– Tu m'aimes mais tu m'en veux, je le vois bien à ton attitude. Tu m'en veux beaucoup ?

– A ton avis ?

– Mmmh, tu serais pas là aujourd'hui sinon.

– Pas bête. Ben, je t'en veux un peu quand même... Mais je crois avoir compris ce qu'il faut qu'on fasse tous les deux ! »

Alvin posa un genou à terre, sur le pas de la porte. Elle ne lui avait même pas dit d'entrer si bien que n'importe quel voisin qui se baladait dehors à cet instant aurait pu assister à cette scène émouvante (ou pathétique selon le point de vue du spectateur).
Les rayons du soleil perçaient les quelques nuages présents ce jour-là, de sorte que la lumière raffinée atterrissait pile dans l'encadrement pour former comme une auréole au dessus du crâne d'Alvin. Il

faisait songer à un de ces petits anges sorti tout droit d'un tableau de la Renaissance.

Linda décoda ce qu'Alvin était en train de fabriquer, et elle, elle ne savait plus quoi faire, elle ne s'était pas du tout attendue à ça. Bien entendu, elle en rêvait depuis des années mais elle ne pouvait pas le croire. Lui qui se disait contre le mariage, comment avait-il pu avoir cette idée ?

Et dans un coin de sa tête trottait son secret honteux qui venait la narguer. Sa montagne de livres qui présidait avec souveraineté dans la pièce à l'étage.
« Attends Alvin, non, attends s'il te plaît ! » C'était trop tard, l'écrin était déjà sorti, et au même instant qu'elle avait prononcé ces mots, lui, il s'était embarqué à poser la question fatidique, celle qu'elle espérait et redoutait tant à la fois :
« Linda, veux tu m'épouser ? »

Elle mordit la phalange de son annulaire gauche. Elle l'avait rêvé, il l'avait fait ! Mais que dirait-il lorsqu'il découvrirait la vérité sur ses livres ?
« Oui » elle répondit, doucement, en montrant toutes ses belles dents. Elle l'embrassa en lui prenant la nuque entre ses mains, puis se ressaisit en une seconde.
« Mais avant il faut que tu saches. Je m'étais jurée de te le dire, je ne sais pas comment. J'ai un secret. C'est grave, je pense.
– Quoi encore ? Attends. Tu m'as trompé ? s'alarma Alvin.

– Non, idiot. Enfin, voilà, c'est à propos de tes livres, osa-t-elle après dix secondes de réflexion.

– Eh bien quoi, qu'est-ce qu'ils ont mes livres ?

– Je ne les aime pas, Alvin. Enfin, si, d'une certaine manière je les aime, beaucoup, beaucoup trop même ! Mais je n'aime pas ta façon d'écrire. »
Elle avait pris un chemin détourné pour gagner du temps, elle ne parvenait pas à vider son sac à propos de la « montagne ».

Alvin bouda, mimant une moue triste. Elle lui avait déjà dit mais il avait pensé qu'avec l'âge, elle se serait mise à apprécier sa littérature. Elle l'avait quand même pas mal encouragé à une époque. Et pourquoi lui dire ça maintenant ? Voulait-elle gâcher ce beau moment ?

« Par contre, (comme si elle voulait se rattraper de son affront) j'ai adoré les cinq mails que tu m'as envoyés ces deux derniers mois. Ça c'est de l'écriture. C'était vraiment toi. Je les ai dévorés, les ai relus plein de fois, j'avais l'impression de t'entendre, de te voir, te toucher...

– Ah bon, c'est déjà ça, souffla Alvin, un tiers heureux d'entendre enfin un compliment.

– Je voulais pas t'influencer alors j'ai rien dit mais j'ai failli t'appeler pour te prodiguer mes conseils, pour te dire que tu devrais écrire une histoire d'amour un peu bateau, pourquoi pas avec des mails... J'ai toujours pensé que tu serais capable d'écrire de beaux romans d'amour et...

– Je te coupe, c'est à peu près ce que j'ai fait. (Alvin revêtit un quart de sourire) C'était toi alors cette voix ? Susurra-t-il.

– Cette voix ? Quelle voix ?

– Non laisse tomber, ce serait trop long à expliquer. Je pense quand même qu'on doit être reliés télépathiquement. J'espère qu'il te plaira le dernier alors. J'imaginais tes réponses et, oh c'est un peu sombre au début, le héros meurt mais ce n'est pas vraiment lui, c'est un peu un *remake* de… (il allait partir dans un exposé approfondi lorsqu'il s'arrêta repensant au secret de Linda).

– Oh ben oui, je suis sûre qu'il me plaira, adhéra la jeune femme (qui ne parvenait pas à chasser de sa cervelle cette infâme montagne). Bon comment te dire ça maintenant ? Je ne sais même pas si je dois te le dire. Ce mystère, enfin ce secret dérangeant… C'est que, euh… (bien qu'elle n'ait pas commis de péché, elle avait le sentiment que se confesser sur ce point était au-dessus de ses forces).

– Bon, alors, tu accouches ? (Alvin amorça une association d'idées et plissa des yeux) Attends, t'es pas enceinte au moins ?

– Mais non, tu crois que je serais partie comme ça sinon ?

– Alors, c'est quoi ?

– J'ai bien peur que tu me haïsses, ou que tu me prennes pour une tarée et que tu n'aies plus envie de te marier après ça. Ah, allez le sort en est jeté… Va voir à l'étage, deuxième pièce à gauche, et tu jugeras par toi-même. »

Linda resta dans l'entrée, paniquée à l'idée qu'il ne la comprenne pas. Elle-même ne se comprenait pas de toutes les manières. Si ça se trouve, le mariage ce sera fichu après ça, elle s'effraya tout en se représentant Alvin courant à toute allure hors d'ici pour prendre le premier train qu'il trouverait, sans elle. Elle se voyait déjà vieille fille qui se consolerait en tant qu'acheteuse compulsive de chaussures.
Elle aurait peut-être mieux fait de ne rien lui dire. Non, il fallait, selon elle, qu'il saisisse jusqu'où était *montée* sa folie. Elle s'était résignée, il allait mal le prendre…

Alvin grimpa les quelques marches des escaliers en moins de temps qu'il n'en faut pour l'écrire, comme un éléphant au galop. Le crâne traversé de part en part par des milliers de points d'interrogation. C'est quoi bon sang ? Une surprise ? Encore un de ses plans foireux ?!

Il tourna la poignée et… Il n'y avait rien là dedans, rien qui pouvait laisser supposer un secret inavouable… à part une simple baignoire un peu surannée, un miroir, des produits de beauté… une photo de lui… Hum, des accessoires féminins. C'était ça le grand mystère ?

Non il s'était trompé de porte cet idiot, c'était la salle de bain là. La deuxième à gauche, elle avait dit.

Lorsqu'il ouvrit la porte, il ne comprit absolument pas ce qu'était ce spectacle qui s'offrait à sa vue. Il s'approcha précautionneusement, comme si une bombe risquait à tout moment d'exploser, comme s'il était dans la peau d'un démineur. Il était un expert et ceci était une scène de crime, il ne lui manquait plus que la lampe bleue. Mais point de tâche de sang ici, juste de l'encre.

Il lut les mots qui étaient écrits. Son nom, ses titres, ses livres…

Tous ces livres étaient-ils donc les siens ? Il marchait sur ces fascicules, se frayant difficilement un chemin pour faire le tour, pour inspecter avec minutie, pour examiner en détail cet amoncellement ubuesque de papier. Cette montagne lui faisait l'effet d'être vivante, ça ne l'aurait pas surpris de la voir se mettre à rugir, tel un volcan qui pouvait s'éveiller à tout moment. Il s'attendait presque à ce qu'elle inaugure une marche, à ce qu'un visage puis une bouche faits de livres s'ébauchent devant lui et qu'il se fasse absorber sur-le-champ par ses propres écrits.

Certains étaient encore sous plastique, ils n'avaient donc jamais été ouverts. D'autres étaient écornés, à moitié déchirés, sans doute acquis d'occasion. Après un laps de temps passé à se saisir de ceux qui étaient coincés en dessous de la pile, plus de doute n'était permis. Tous ces livres, ils étaient de lui ! Qu'est ce que cela signifiait ?! Il resta stupéfait plusieurs minutes, abasourdi, en proie à l'incompréhension la plus extraordinaire qu'il ait connue.

Il appela Linda qui le rejoint dans la minute, le visage tout rouge, les bras ballants. Elle resta bête un

instant, son regard n'arrivant pas à accrocher celui d'Alvin sans qu'il n'exprime un trouble extrême.
« C'est quoi ça ? Il y en a combien ?

– Tes livres, pas loin de 6000, avoua instantanément le visage rouge.

– Mais pourquoi tu as fait ça ? (Alvin fut rassuré un court instant : après un bref calcul mental, ce n'était pas elle qui les avait tous achetés... enfin apparemment, jaugea-t-il)

– Je dois être folle. Je ne vois pas d'autre explication, articula laborieusement le visage rouge.

– Trop simple de dire ça ! Allez, dis-moi, il doit y avoir une raison ! gronda Alvin.

– S'il te plaît ne te fâche pas, je voulais juste que tu saches la vérité, sanglota le visage rouge.

– Je ne me fâche pas, Linda. Mais, bordel... Tout ce fric, c'est comme si cet an... (Tu es encore plus folle que moi et mes voix, se dit-il pour lui-même) J'ai beau retourner ça sous tous les angles, je n'arrive pas à te suivre. Il y a bien une raison valable.

– Je ne sais pas... enfin si, c'est... Et puis le visage rouge avec quelques larmes qui chaviraient dessus prit de l'assurance et certifia dans un murmure : c'est par amour pour toi.

– C'est... (Elle avait eu l'air si sincère, si vraie, en murmurant ces paroles qu'il en était resté interdit, rougissant lui aussi)

– Allez, ne dis plus rien, s'il te plaît. »

Comme pour l'amadouer, elle lui attrapa les deux mains et l'incita à la suivre dans sa chambre.

Midi sonnait tout juste. Alvin était encore sous le choc de cette vision irrationnelle, mais il était tellement heureux de pouvoir la toucher à nouveau, enfin.
La peau de Linda était tiède. Elle était bien réelle, non il n'était pas en train de rêver, il n'était pas un de ses stupides personnages de roman.
Il se demanda comment ils font pour tenir le coup, les astronautes qui passent des années dans l'espace ou les militaires qui partent en guerre.
Eux deux avaient été séparés même pas trois mois et ils avaient presque sombré dans la folie, l'un comme l'autre. Il n'arriva pas à lui en vouloir, et pas plus à la comprendre.

Vers 13 heures 30, Linda était endormie, à demi-nue sur les draps. Alvin la contempla pendant de longues minutes.
Il sortit prendre l'air sur le minuscule balcon. En regardant à l'horizon, là où le soleil était bercé dans un landau de nuages, il avait le sentiment que tout ne pourrait que bien se passer à présent.
Une colline se profilant dans le paysage au loin lui évoqua cette montagne, à deux pas de lui. Pourquoi Linda s'était-elle mise à empiler cette collection de livres ? Il n'en avait pas la moindre idée. Il tourna la tête et admira encore la beauté qui émergeait tranquillement du sommeil. Il n'allait pas tarder à aller la rejoindre, il fallait qu'ils rattrapent tout ce temps perdu.
C'était donc ça le succès. C'était donc… elle !

Clic-clic

Il cligna des yeux plusieurs fois. Ses paupières en s'ouvrant et se fermant faisaient entendre un léger cliquetis. C'étaient de grands yeux ronds et noirs. De près on aurait dit ceux d'une poupée ou d'un jouet pour enfant. Ou d'un hibou. Il aurait pu s'arrêter là. Selon les probabilités qu'il avait calculées, cette scène finale aurait certainement pu plaire à de nombreuses personnes.

Il balaya néanmoins cette idée en une seconde et demie. C'était un robot et tous les robots vous le diront : ils ne s'arrêtent pas comme cela. Ils sont programmés pour continuer jusqu'à ce que leur batterie soit déchargée ou jusqu'à ce qu'un être humain leur dise : « c'est bon ça suffit comme ça, t'as fait du bon travail ! »

Mais l'homme en question n'était pas là. Il l'avait laissé là, tout seul dans ce sous-sol, avec pour seul réel matériel un tabouret en piteux état. L'homme n'était pas revenu depuis trois jours. « Je ne veux plus écrire ! Vas-y, essaie, toi », il avait dit. Quand il lirait ça, il serait peut-être satisfait mais il pourrait tout aussi bien être mécontent, qui pouvait le prédire ? Il trouverait certainement à redire. C'était la première fois, lui, qu'il était assigné à cette tâche.

Ecrire un livre, n'avait pas été si évident que ça, il avait fallu qu'il puise dans ses dictionnaires de mots et de synonymes ; il avait dû se remémorer tous les livres qu'il avait lus -il y en avait au moins dix millions dans sa base de données- et ne pas faire un vulgaire copier-coller.
Il devait être original, c'était la consigne que l'homme avait donnée. Il n'était pas si sûr d'avoir bien obéi.

Et puis, son orthographe et les temps de conjugaison lui paraissaient, à certains endroits, douteux ; il allait devoir tout repasser au vérificateur et au correcteur automatiques, en espérant que ces derniers étaient fiables et ne se trompent pas.
Qui pouvait prévoir ce que l'homme allait faire à son retour s'il dénombrait trop d'erreurs dans le texte.
Peut-être irait-il jusqu'à le *reformater* ?

Non, il valait peut-être mieux qu'il poursuive, qu'il trouve au moins une fin alternative, ou qu'il transforme l'ensemble en reprenant tout le texte du début à la fin.
Oui, c'était cela qu'il allait faire. Il n'avait qu'à rajouter ici et là des scènes de sexe un poil obscènes, des trucs pervers, quitte à faire participer plusieurs partenaires, à coup sur ça ferait fantasmer pas mal de lecteurs... ou bien pimenter l'intrigue de quelques meurtres, avec du sang graisseux qui dégouline sur des murs blancs, apparemment ça faisait toujours sensation chez les humains. La plupart paraissent

présenter un attrait pour le sordide. Linda pourrait être prise d'une rage soudaine, assassiner sa mère et puis Alvin, ou l'inverse.
Il refusa catégoriquement cette idée, il n'avait pas envie que ses héros deviennent violents, sans doute était-ce contre sa nature.
Il pourrait retravailler la liste, afin de la rendre plus attractive, pour Alvin, comme pour ceux qui la liraient.
Et sinon, la montagne de livres, qu'allait-il en advenir ? Facile, Linda et Alvin emménageraient dans une charmante maison de campagne, il y aurait une cheminée, ils n'auraient plus qu'à se servir de ses bouquins comme combustible.

Son corps argenté, enveloppé d'une fine particule de titane, se courba devant l'écran holographique suspendu dans le vide. Un registre de lettres se révélait face à lui sur une planche virtuelle.
Le ventilateur ronronna, son processeur était en train de s'échauffer. Il établissait sans sourciller les différentes possibilités qui s'offraient à lui. Il fallait qu'il s'y remette. Sa batterie indiquait encore soixante pour cent de charge. Son réservoir d'huile était au trois-quart plein.
Il pouvait tenir encore une bonne semaine comme cela. C'était un robot haut de gamme, il en avait conscience. Il allait trouver une meilleure histoire.

Ses doigts métalliques se remirent nonchalamment à taper sur le clavier.

RETOURS POST ÉCRITURE
(Recommandation : lire ce qui suit en dernier)

« *Clic-clic* ... Je me réveille à l'instant, le nez sur des feuilles tâchées d'encre, remplies de mots. Plus qu'à recopier ça sur un traitement de texte. Je suis quand même parvenu à barbouiller quelques pages finalement. La qualité, bon, je ne pourrais pas vous dire, on est rarement objectif quand on doit être juge de son travail. Je pourrai faire mieux à l'avenir. On ne peut pas toujours réussir son premier roman ! »

Je comptais finir l'histoire par les quelques phrases ci-dessus et puis je me suis dit : allez non, l'histoire du robot c'est déjà bien assez, peut-être même de trop. Certains lecteurs seront certainement déçus par cette fin, et personne de sensé -je crois- n'écrit de livre pour décevoir ses potentiels lecteurs.
Alors, si la déception vous accapare, je veux sans doute ici chercher à me justifier. Pourquoi j'ai écrit ce livre ?

Lorsque j'ai entamé l'écriture de ce livre, je n'avais absolument aucune idée du déroulement (pas de squelette directeur), j'avais juste le titre en tête, depuis quelques années, avant tout le reste.
J'ai inventé au fur et à mesure, sans savoir où ça allait.

La poésie commençait à me prendre la tête, de plus je n'étais pas certain de devenir un jour bon dans ce domaine. J'aurais pu m'acharner jusqu'à écrire quelque chose qui soit vraiment intéressant. Mais j'avais surtout l'impression que ma poésie n'aboutirait jamais nulle part.
J'insère néanmoins ici quelques vers assez récents.

LA FEMME-MONSTRE

La jolie jeune femme se transforme en monstre
Ses mains qui semblaient si douces, ce sont des ronces
Ses cheveux, ils vous agrippent, ils vous prennent au piège
Ses lèvres aboient des mots glacés comme la neige
Même de ses silences il faudrait vous méfier
Ses regards sont des croix, vos cœurs sont crucifiés
Reviens beauté, toi et tes yeux ensoleillés
C'est ce que je chantais, mais mon disque est rayé

POÈME EN PROSE (quelque peu inspiré par Charles Bukowski ou Aimé Césaire)

Ma pensée est un pays mutant où la nuit n'a pas de lune
Il n'y a aucun réverbère dans les rues du pays de ma pensée qui s'obscurcit
Ma pensée est un pays de chromosomes et d'atomes et de cellules qui vivent et puis meurent
On assiste de temps en temps à une résurrection ou une régénération de ma pensée
Ma pensée est une jolie jeune femme cruelle mais gentille parfois
Ma pensée est une fleur douce et aimable et qui s'épanouit
A l'aide du soleil qui éclaire la galaxie de ma pensée
Ma pensée est un pays de penseurs qui pensent à quoi
Qu'ils sont des penseurs sans doute
Ma pensée est toi ou vous et vous vous demandez peut-être si ce que j'écris relève du génie

Mais vous vous dites sûrement et vous auriez raison que ce n'est qu'un tas de mots que j'ai enfilés les uns après les autres
Vous pouvez faire mieux.

LE DES-ESPOIR

La tristesse a régné sur mon corps tout entier
Envahi mon esprit et mon corps en chantier
Je n'écris pas cela pour inspirer pitié
Demandez à César si vivre est un métier
(Il ne répondra pas… car il s'est suicidé…
Mais pas de ça chez moi, j'ai chassé cette idée)

Non j'ai juste manqué de chance ou d'espérance
Mais suis-je périmé ? moi, une viande rance ?
Tout ira mieux, c'est sûr, demain mon amertume
Pliera sous la césure en formant de l'écume
J'achèterai alors un très joli costume
On me prendra pour qui ? Un autre, je présume

Puis revient la tristesse et mon âme qui danse
Avec fausses déesses et illusion de transe

Voilà tout pour ces quelques exemples, un tantinet tristes, à certains endroits.

J'avais simplement l'envie d'essayer autre chose, quitte à ce que ce soit pas terrible, mais au moins je me serais fait plaisir.

Depuis que j'ai appris à lire, j'ai lu peut-être un millier de livres quand j'y repense, mais si le fait de lire rendait qui que ce soit bon écrivain, ça se saurait. Alors, j'ai eu le sentiment que plus j'écrivais, plus les livres que j'avais lus ne m'avaient pas énormément servi.

Pire, ils m'avaient fait croire que c'était facile de tartiner des pages, que je n'avais qu'à aligner des mots pour que cela forme un ensemble cohérent et plaisant.

Je ne veux quand même pas donner l'impression de dénigrer ces livres, certains ont réussi à me communiquer l'envie d'écrire. D'ailleurs je fais pas mal de références à des auteurs qui m'ont inspiré et influencé.

J'espère évidemment n'avoir plagié personne.

J'avoue que la scène de la gare peut faire songer à un passage de J.K Toole (livre que je cite à un moment).

Pensée marrante : avant d'avoir commencé à écrire la moindre ligne, je m'étais dit : je finirai prix Goncourt grâce à ce livre. Après avoir rédigé péniblement une seule page, je me disais : ce serait déjà vraiment très bien si je finissais de l'écrire, ce livre.

Presque tous les jours, pendant une poignée de mois, je m'y attelais un petit peu, parfois seulement 15 minutes, parfois pendant 5 heures de temps, quasiment d'affilée.

Je suis arrivé au résultat qui précède ce compte-rendu.

Difficile de dire si j'en suis satisfait ou non. Je suis assez mitigé. J'ai parfois l'impression d'avoir voulu faire du vieux avec du neuf. Je désirais intégrer une dimension moderne mais tout en restant archaïque.

J'aurais souhaité écrire quelque chose qui n'a jamais été fait, c'est à dire, quelque chose qui ne pourrait pas se rapprocher d'un autre bouquin. Mais je ne crois pas que cela soit possible.

Pensée pessimiste : tout a-t-il déjà été fait ?

Bien, j'arrive à la fin, si vous avez eu le courage de me lire jusqu'ici, je vous en remercie.

J'ajoute que j'ai passé les cinq dernières années à lire beaucoup de science-fiction. D'où l'envie peut-être d'en écrire… Mais plus j'avançais dans mon écriture et plus je me disais : ça, ça a déjà été fait, ou ça c'est vraiment trop naze. Bref, je me suis donc dit : repartons sur un truc à peine plus réaliste.

Il me semblait que c'était original, l'histoire d'un gars qui écrit une histoire et puis à la fin, non, c'était un robot. Un texte dans le texte dans le texte… Mais peut-être que cela aussi a déjà été fait.

Après relecture, certains passages me semblent moins bons que d'autres, pas d'excuse à part le manque d'inspiration…

Je vous demande un peu d'indulgence. Ce livre n'est peut-être pas un chef-d'œuvre. En prenant du recul je serais tenté pour penser que je l'ai écrit juste pour dire : « eh regardez-moi, j'ai écrit un livre ».

Il n'est peut-être pas non plus totalement dénué de valeur. Il faut le voir comme un objet d'entraînement.

Je suis certain d'être capable de m'améliorer dans de prochains écrits, tel cet Alvin dans mon récit.

L'avenir nous le dira.

Bien à vous !

A.G.